失肘港

伍季 著

自序

連接浪與浪之間的虛與實……

楊牧在地情懷書寫「奇萊前書」系列，如《山風海雨》、《昔我往矣》、《方向歸零》，「山谷」的記載讓我們看到後山的人文與地貌。山與河的文化精神都需要有人來鑿劃與穿連。不同楊牧的「山」，我的人生思考似以「河海港灣」為追尋指歸；自二十歲始我即不斷在文字裡嘗試用不同角度來敘述自己的故鄉，《失肘港》書寫的就是漁港村落的人事、生命之故事，企圖思尋他們對土地與人生的看法、展現出的價值觀世界觀，再據此環境時空窺探台灣社會的衍變與宿命……

多年來，每在流動的旅店中看妳，都有一種奇特朦朧的神祕美感！妳是我生命一個重要的港口、停泊站，儘管後來許多日子我到了一個完全沒港口的地方，沒有妳自然的山林海水給我能量，也沒有妳嚅嚅地以海聲向我傾訴，只有人世更多的戰爭，與虛假的交臂，只能在書本中，重溫、閱讀加深妳種種的形象與訊息，回顧種種自我漂泊的喜樂與感傷。南方澳的漁港啊，為何現今都只剩半截手臂，一堆被扯亂的袖衣。……

二〇〇八年吳濁流文藝獎散文作品〈失肘港〉我如此書寫，我這樣思索並記錄自己的青春與生命。大學時期第一篇散文得到獎項肯定的〈冷泉鄉之夜〉，遂即展開了我對故鄉人情書寫的開端，多年來持續自我內心的析剖，欲通過想像與藝術之斤斧心血鑿刻、銘記，對土地、年少情意的體會，追尋與掌握。在陸續發表過許多相關的詩文裡，我更清楚自己生命的時空方位與座標，我以此計劃做為我更向前進的動力，並且不斷書寫下去，完成它，豐富它，與自己、土地及人群對話。自覺才疏學淺，文筆孤陋，但我願不斷學習與改進，創作屬於自己獨特的情思，把這份情感奉予土地，獻給文學。

關於宜蘭的書寫已經有許多前輩奠下基礎，包括散文大家簡媜及國寶大師黃春明，都是台灣人乃至華人對於宜蘭的想像及集體意識，他們的開拓及致力確實為我們留下許多精采的篇章及典範，值得我們深思感佩。然而時間不斷在前進，蘭陽亦產生了新的衝擊及變化，新時代的宜蘭需有新的思索，在面對觀光化及全球化的衝擊下，這座港口正在急遽變化……。

關於這名列台灣十大漁港——南方澳，有關文學的篇章記載不多，王文興〈海濱的聖母節〉確實引出了許多線頭，小說裡發生的故事詳實點出南方澳這塊土地，並拖曳出了該地最有名的信仰中心「南天宮」。信仰與凋零確實為許多村落的命運，然而或許很多人不知，花了二十年書寫《背海的人》據說也是南方澳給王文興的靈感，一座小小漁港啟迪一位天才型的文學大師實在功不可沒，更讓我們感其魅力與獨特。王文興不是長期居住在該地，卻能寫出這麼貼近土地的感受，著實令人著迷、讚嘆。

「南方澳」為我土生土長的故鄉，然而在成長的歲月與旅居他鄉夢回的日子，我看見：隨著外籍勞工不斷湧進、觀光化後漁業資源的衰疲與破壞、年輕人出走雙臂無力虛而晃、村民的老去而新生緩慢……漁民們的信仰和漁港的興衰存在著什麼古老又奇異的牽引關係？家族史會不會像撒出去的網散在海面沉落海底，如何與這漁村史銜接？年輕的一代為什麼似魚群逃離了「家」的捕獲，但能逃得開命運的網罟嗎？濤浪間，轉瞬掏盡肺腸，那麼端上桌吃進肚裡又是怎樣的愁苦？輸出與解譯，兩代之間在信仰與自然的力量裡分合又如何尋求和解及安慰？凡此種種都是我所關心的問題、這一代人所面臨的課題，更是這本文集所欲經緯出的向度。

此文集是近二十年來的點滴，也是處女文集的出版。此文集書寫的劃分，幾乎可以父親的死亡為一分界的！文中我不斷幻化成和父親對談的身份及姿態，嘗試追索親情最後片刻、瞬即又消逝的溫暖。A作品與B作品間，雖然題材相近，但我總像調味一樣企圖在不同篇章間再加入一點新東西，讓它產生更富層次及變化的口味，並讓作品演練時間與自我有意無意間的轉變。希冀此散文出版後，我能告別一個舊的自己，重新展開如文・溫德斯電影般，一段新的創作及生命旅程。此文集是散文，亦是小說，更似孿生雙胞，皆肇於對文學的熱忱，及對故鄉、土地非鄉愿式的關愛。文學既脫不了作者最初生長地的寄喻，它亦可承載起最真摯情感的延伸；虛實之間，小說與散文筆法若屋子的鋼與篷，共同潤飾了我們居住地與築造之空間。作者與敘述者若即若離，如影又似鏡，身份時有重疊，卻又依稀難辨，這也是作者與讀者共同創造的魅惑所在吧。二十年，人生有幾個二十年啊！從「前川輯」青春期的〈冷泉鄉之夜〉、〈消失的行李〉到中年返鄉，竟發現髮鬢已斑！「後流輯」〈暗流下的臉〉裡那個仍在找尋父親身影，試圖想幫其再擦背的年輕人，至「迴路輯」重嚐〈鯖之味〉，才發現故鄉早已變成異鄉……而鯖魚之味也非當初那個味道了。原來，時間才是最偉大的調味師與衝浪大師！

前波的海潮已遠去，新的浪頭又生起，就讓我來敘說一個港口的故事，一個企圖用半生竭力完整呈述的故事，連接浪與浪之間的虛與實，摹繪出「失肘港」之輪廓……。

目次

後流：南方澳的雨靜靜落著

迴路：憂鬱的深度

附錄

前川

流過冷泉鄉的福馬林

冷泉鄉之夜

1

我們就這樣坐上了火車，一個簡單的行囊，一雙輕便沾有泥污的跑鞋。要去哪兒呢？我們似乎都不太清楚，也難以清楚。那麼，就索性上車吧，反正在車站坐了這麼久了，反正到了站一定得下車。

我們選了一個靠窗的座位。初夜的旅客稀少。慘白的燈下，我看不出車上究竟還有沒有其它人。打開窗，你說你喜歡夜風淡淡劃過臉龐的感覺。我聞到空氣中發散著桂花的清香，「今年桂花是早開了些，」窗外不斷閃逝的光影矇矇矓矓地舞動，火車開離了不久，一片黑幕罩了上來。我們的臉便清晰地投映在玻璃窗上，如沙堆裡駐留的鴻印。

「看不到什麼了！」你輕輕地說，話語裡夾藏微微的嘆息。接著把臉轉向我，似乎在等待我的回應。

「嗯。」語言像火車機械式傳動的單調，疲軟無力。那麼聊聊我們喜歡的話題吧，海德格還是卡繆。那幾冊翻了再翻的書頁——

許許多多話語彷彿都凝結在空中，隨著車輪及軌道的激撞而碎逸。

我們又不約而同地望向那窗前的一片漆暗，框啷框啷，火車不停。不停地向南行去，顛跛蠻橫中夾帶難以抵抗的溫馴，我們在其溫馴的引力裡睡去——

2

火車像是時間派來的衙役，人們不知不覺中被漩進，困在其中一頭獸，只能眠夢、眠夢、眠夢，等待有人打開柙欄……

我看著你沉睡如嬰孩般的臉，在漆灰的日光燈下發亮又轉暗，轉暗又發亮，似一枚月光下的錢幣。

夢裡，我們城市裡的光也慢慢睡去，從光河裡逃出的兩尾魚，被虛偽浮華的影像戳刺得遍體鱗傷，城市裡的人群以貪婪孤寂的眼神餵飽彼此，用身體和氣味相互訕笑與接容，卻不允許兩條天真的魚真誠地潛游在魚缸裡。

「離開了光源，勢必要有勇氣面對黑暗」

一輛北上的火車咻一聲從我身邊急速掠過，我自夢中驚醒。看了錶，已是凌晨，很深很深的夜了。

火車在一個小站停下來，惺忪的燈下，我隱約看到「永春」兩個字，你也醒了，火車實在停了太久了，似乎等待或，暗示什麼。「這是哪裡呀？」你問。我拿出擱在記憶裡的圖誌。嗯……它應該在北方附近一個港口的小站。也許是接近春天永遠亮潔的入口。天堂。你陶然地說。

那麼，就在此下車吧。

我們收拾好行李，趁著火車還安靜地在軌道上酣眠，悄悄地走了出來。

3

一百公尺不到的月台上，時間已然靜止，不再做無意義的衝刺。這是一個看來已經荒廢許久的小站，四顧空茫。夜，靜得可以把耳膜逼出血塊來。

你刻意用腳在草叢中摩娑，發出窸窸窣窣的聲響，驚起一陣蛙鳴。當我們緩步走到窗檯時，已經十分惶淡的月牙，突然以極喧囂的姿勢遁去，而窗檯銹蝕的鐵門啞然地矗對我們久久。

無人收票，亦找不著出口處，像一個死去的城市。斑駁的水泥牆上，那白底藍漆的字體在僅昏黯的一盞路燈下顯得聳人，似乎想從凝固的軀體裡掙脫出來。

是無人聽見喊救了。除了那一排自上方拋落牠們碎殘耳語的鴉群。一地生叢生著野藤蔓草，零零碎碎的機骸及蛛網結佈四處，而不停盤旋的飛蛾，正覬覦如何把那盞慘白的路燈吃掉。

反正也無人問路，那麼便又索性地順著黃石路走去吧。我們是都不願再回到那隻催眠獸的肚裡的。

於是沿著鐵軌旁的小路，夜不斷將我們的身影冰凍成行走的姿勢，夏夜的風從樹梢滲進，仍透著涼意。越行向前，越覺漆暗，心裡也不由害怕起來。

「蘇澳第四號隧道」迷濛的光下，斗大的字跡在上方似一隻隻蝙蝠倒勾於壁上。我們明白了，只要往這兒一直行去，不久將會到達蘇澳的境內，呀，旅遊指南上曾說，那是一個美麗的港口。

隧道的深處突然傳來了亮光，像黑夜裡燃起一根燭火，我們看著它越貼越近，越擎越大——似城市的頭環——

它迅速又陌生地與我們擦肩，與後方那沉睡去的火車擦肩……又不顧一切地向前奔去。奔去，奔去，頭也不回地奔去，如同光在夜的軀體裡瞬間一閃。

4

大約有三十多分鐘吧，我只記得我們抖動的雙腳不停在黑暗中挺進，彷彿沒有知覺般，只希望能夠快點尋獲光的著落，袪除一直沉重的一片烏茫。好不容易過了一個爬坡，眼前恍若有溫柔的亮光。你如看見沙漠裡的海市，歡欣地迎跑了上去，用手揮招在下方的我，直嚷：「好美呀，好美呀！」

那的確是一幅美麗的夜景。深夜的霓虹安靜地在街道兩旁閃爍如綻放的粉蕊，不做驕霸的強態，亦無過艷的彩抹，它只是靜靜點亮自己身上的文字。

再過去那是一個港口，傳來了商船清脆的嗚嗚。你用手指點，這是漁貨站，那是販集市場云云，好像你曾經來過此地。

一切在夜的懷抱裡，都顯得如此平靜，似乎什麼也沒發生。我們在那亭上坐了許久，看遠方的隧道把一輛輛暈黃的小車緩慢地吞進，又吐出；著看彼此眼裡的波光，隨著底下河港的瀲面瑩瑩閃動。

睡著了嗎？我親愛的港灣，現在可否請你也把雙臂張開如迎送一艘輪船，將我們都輕輕擁進——

再順著下坡路走去，有一排用木板搭建的房子，仿日式建造的，充溢古色的精緻，彷彿是旅客行腳的地方。然而除了門前的黃燈籠亮著外，裡頭已烏暗一片。我們繞過了它，失望之際，忽聞泠泠的水聲在耳旁流開。

地標指示說是冷泉地。我們又一次躍動起來，相視一會兒，便逕自向前奔去，如魚兒躍入水源的欣然。

那水聲來自地下室的廊徑。一彎淺淺的河面上鋪滿嶙峋的石塊。我們到達後，便把衣物脫去了，似兩條垂吊的弧線拋入河底，濺起了細細白白的水花。從地底下不斷上升的泡泡，在我們的身體不斷依附、聚集，又愉快地竄離。

這夜實在靜，靜得讓人不清夢與幻的距離。我想它一定躲在我們身後，似母親照顧嬰孩般，呵守著我們。整個小室只有我們笑聲，只有我們翅羽在水面起落拍打的聲音……一切似乎都不存在了！微弱的光暈使牆岩上映滿我們粼粼的波光，把胴體一吋、一吋油亮的弧線勾劃得流利剔明，一直延伸到無盡的黑幕裡。

我強吻了你，在這樣孤寂又令人無助的夜，我們是彼此的光，彼此分攤的翅膀、天堂，沒有理由分開……

窗外的雨又落了，我將你身旁的窗輕輕關上，翻一個身，又瑟瑟跌入另一個夢裡——

消失的行李

一

我發覺我的行李不見了。

我一直拎在身邊的，怎麼會？它應該不致被拿走或拿錯，一定是我遺忘在某地了……我想我得儘快找到它。

我循著方才的足印走去。過了一條漆黯的巷子後，深夜的霓虹如粉蕊，在眼前灩灩綻放開來，它們顯得異常地靜。已經凌晨兩點多了，除了偶爾閃過的燈影，行客已十分稀少。

我來到了2小時前逗留的酒吧，狂歡的夜。裡頭熱浪襲人，重金屬的搖滾仍撼動每一個扭曲擺弄的身軀，視效燈五顏六色在他們影子上打著，根本分不清誰的臉孔。我安靜地繞過他們，之前的酒意因一些焦急的思緒，已退了一半，我走到了吧，在吧檯觀望了一下，為我調過酒的那位酒保又問我要喝些什麼，我說不用了，招呼其它人。並輕聲地問他有沒有看見一個褐色的行李袋，他說沒有。

剛才與我相識的一名女郎，從狂動的肢體裡走了過來，問我說不是走了嗎，怎麼又回來，「是不是捨不得我啊？」她邊說邊撩起性感的大腿，眼睛像噴火的熱球。

我沒告訴她原由。她向我要了價，我說我沒錢且現在沒空。她從胸口拿出名片，並用厚大的嘴唇在背面深深吻了一下，鮮紅的唇唇印便像油彩似的印上頭，「只要你需要，我隨時等你——」她作了個吻的姿勢然後離去。

我回過頭去，穿過迷濛的燈影有一張桌子，桌子後的毛絨沙發椅上已空無一人，只剩零星的酒杯空瓶散倒在桌面，但我彷彿看到那被陰影斟滿下巴，吞吐煙霧的男子仍在那兒，似乎從沒離開過，半步也沒離開過。

二

我步出了酒吧，繼續撿拾方才的足印，順著那一條街走去。「可能是在家旅店！」我想起昨天過夜的那家旅店。

我找到了那家旅店，自動門打開後，有一位小姐親切地招呼我，昨晚並不是她值班。「先生，請問是住宿，還是休息？」她把後面兩個字的音拉得老高。

我告訴她我是來找遺失物的，請她讓我上去，她露出了不喜悅的神色，但仍讓我上九樓，去問問清潔的嬷嬷桑。

我坐電梯上了九樓，電梯門一打開，即有一包包大小不一的垃圾，被紮綑好在眼前疊開。我走到九〇五房室，試著打開房門時，房門已被鎖上，我聽到了裡頭傳來窸窸窣窣的聲音，似乎是男女的軟語，電視機的鎖碼台正吱吱發射著不規則的聲波。我想起我昨夜也在裡頭叫了個女人，她叫娜麗，腋下有些微狐臭，同樣的畫面，同樣的節奏。我再向走廊的深處走進，九〇八、九〇九、九一〇……腥紅地毯的底端，有一個十分雜亂的小倉儲，蛛網及灰塵散佈四處，看起來似乎很久沒有人走動過，昨晚沒發現到，而旁邊牆壁上有一個大凹洞，密密麻麻的水管、電線盤節著……由此可看見外面一小片天空，及巷弄參差掛滿的衣褲——

我在走廊來回走了幾趟，並未看見打掃的婦人，也沒有人自房門進出。正按了電梯想再到樓下詢問，突然有一包垃圾，不經意地那麼抽動一下，引起了我的注意。

那幾袋垃圾似乎都睜大了眼睛望著我，充滿詭異及猜疑。腫大的腹裡，也許正裝了一些不可告人的祕密，等待我來開啟……

我在母親的房間裡，也發現過這樣一個袋子，那是用布袋好幾層套起，且封口被堅硬的木麻繩打了死結，沒人能開啟。母親是個虔誠的佛教徒，早晚都有誦經的習慣，平日不常出門，亦不常開口。在我們心目中，她始終維持著淡淡的神祕。她不喜歡我們擅自進入她房間，那天無意在她床下發現這袋裝物使我好奇，我不曾聽她提起過，家中也沒有這樣精緻的大布袋。由於它起碼用四層裹覆，加上封緊的麻繩，不用利器根本無法解開。

我抓住袋口搖了搖，裡頭發出了咚隆的沉響，好像是一塊一塊的凝狀物，有些韌性，又像似動物骨頭之類的東西。但它十分重，我根本無法拖得動，真不曉得母親如何辦到的。我暗忖，裡頭絕不可能是佛書或經書文籍，因為母親並不識經文，且它摸起來十分滑圓鼓脹，儘管這一切顯示並不能判別那就是什麼。

「——」我聽到垃圾袋內又隱隱傳來抽動，那聲音很細很細，幾乎可以感覺不到，但我確實聽到了，那有如鼠類或蟑螂的爬動

……

我在那布袋前徘徊良久，但仍想不出那裡頭究竟是什麼。自從父親過世後，母親變得異常沉默，誦經禮佛的次數比以前更勤也更專注。經常看到她一個人靜靜在廳堂佛前，一跪坐就是一天，口裡不斷喃唸，錄音機的梵唱也未停過。她辭去在魚工廠作了十幾年的殺魚工作，要了一份廟宇摺綑紙錢的零工在家做。有鄰居說，曾看到母親一人獨自在陽台上自言自語，也有人說，母親最近行為特別冷靜，像是看透了一些事物後的煉達，但我一直覺得有更大的無名在她背後啃噬著，如那袋裡的東西，被完完全全擱置、隱藏了，但它，並非不存在。

我走近了那騷動的垃圾袋，像一個即將碎裂的地球般小心翼翼，它不斷攫走我的目光，我感到被一個不明物體吸引的不自在，但我仍走向它，且伸出了手，碰觸到那打了死結的繩頭，沾到一些黏稠的物體，我嗅了一下，噁──有股腥騷的味道，我繼續想打開那環結……

好幾次了，我想找母親聊聊，但我還是提不起這件事，我總覺得這一定不是件理所當然的事，但我又不能賭定這其中的確切性。我漸漸意識到，我和母親的話題也漸趨於沉默，一如那打了死結的繩頭，或者，應該說，是止於那堆繩頭的週圍，不斷地攻刺與防守吧。

認識我母親的，沒人不知道她仁慈的。但她卻因前村王媽媽的倒會，帶頭去蛋洗人家的房子，甚至磨刀霍霍笑說要砍那賊目如剁一盤腥魚。

大家都嚇傻了。

三

「噹──」電梯已到九樓，門打開後，一位婦人身著淺藍的工作衣，用如帚的眼神看著我，「先生──你在找什麼？」她用身旁載著掃具及大塑膠桶的手推車，擋在電梯的入口，便從那牢覆鼻嘴的口罩內直接吐出了這句。

接著，她甩動蹣跚的身軀，準備利用臀部力量，將手推車推出，機械與電梯門的關闔產生了巨大的聲響。

我告訴她，我昨晚住在這兒，退房時竟糊塗地忘了把行李拿走，特地回來找。她起先不太相信，但看我如此倉皇的神色，於是建議我再到九〇五房間去問一下，或許她也未注意到也說不定。

我向她道謝，便放棄拆開那袋垃圾的慾望。我再度踱回剛才的九〇五號房——

方才的聲音似乎平靜，我用耳朵貼近房門，已聽不到半點聲音，於是我握緊拳頭，正想敲門的時候，彷彿傳來了一個細碎的聲音，像雪球般越滾越大，越積越厚，就快由門板的那頭轟炸過來：

「不管，你要負責，你要負責，啊……」一連串歇斯底里的哭聲，緊追在這話語後而襲來。

「不管啦，不管——」

「你要負責，啊啊」

「好啦，要講幾遍，我像那種人嗎？」男的話語裡夾藏不耐，我聞到縫隙裡散出的煙味與濃濃的不安。

「不管啦——不管啦，你要負責——啊——」女的再次哭啼起來。

我扔下上舉的拳頭，無奈地又踱回電梯口，然後頭也沒回地離去。

四

我的行李到底到哪裡去了？我不曉得它為什麼要離開我，我又將在何處找到它，它並沒留下任何暗示或字詞，無端造成我許多擔擾及困惑。

我想現在還有一個地方它有可能出現，那便是車站。昨天我搭的那班列車終點是台北，如果說我行李忘了拿，應該在那可以找得到，可是夜已這麼深，車站也該關門了，去恐也白去。

我摸摸口袋，只剩幾十元了，連搭計程車都不夠，便決定走路前往。沿著寂靜街道走著，我發現自己從未這麼認真注視過天上的星星。月色並不明，被濃雲緊緊密覆，如一口看不見的深井，而星群是一顆顆鑽石，鑲在遠方，一閃一滅，一滅一閃，照我回路。

如果可以，我真的希望自己的行李只是一袋星星，在沒有星光的夜晚也會陪伴，我不要它們變成鑽戒，我只願它們會閃動如聽話的眼睛，哪怕抵不住光明、瞬間流逝。

母親是不懂的，她只知道上了國中的妹妹只會叛逆、學人穿耳洞剪花褲，沒一樣學好，她只知道男孩養大怎不好好賺錢養家，傳宗接代……一切彷彿都變成一種冥冥的譴責，包括父親酗酒的猝死，包括一輩子辛苦所跟會的積蓄，都是命、都是運……她把一切的沉默都交給合十雙掌，在不斷顫動的雙掌裡慢慢平靜、舒緩……

五

突然由我身後射來兩道光，由淺轉亮，似在眨眼，咻一聲在我身旁穿過又停了下來，等我走近時，車窗搖下一張清瘦的女人的臉，秀長的髮絲擱在肩上，如一景盆栽。

她問我那麼晚了要去哪裡，我說要去找行李，她以為我在開玩笑，「什麼？」她又問了一次，只覺得有些好笑，但她說我不像壞人，如果不介意的話，她願意載我一程。

「皮箱內有貴重的東西吧？」她眼光同車燈在漆黯的遠方巡掃，迅速回到額前的小鏡面，又推了出去。

「嗯。一些衣物，還有皮夾——其實也沒什麼貴重，但我想我應該把它找回來。」

我在那小鏡面，看到她靈動的圓眼，不時向左邊的後照鏡，向右邊的後照鏡，有好幾回，我們目光竟都不期然地擦撞在上頭。

「可是，這麼晚了耶，你確定車站還開著？」

「……」

「應該吧。」我遲疑著：「它末班車好像是凌晨三點多，一班普通車，到花蓮。」

她緊急閃過了一輛闖紅燈的米黃色轎車後，我聽到銳尖的剎車聲，對方還探出頭來，撂了一句三字經，她不疾不徐地把方向盤調穩又旋了一個大轉幅，像在喚馭一匹不聽話的野馬。

呼——我甫定驚魂，震懾於她如此熟練的技巧……

「剛才聊到哪兒了？」她問。

「末班車——」

「對對對，」她又氣定神閒地泛起了笑意，「我曾經坐過。」

「妳坐過？」

「嗯——好久以前了，那時常和家人鬧僵，一氣之下，便離家出走了！」

「你自己一個人不怕？」

「怕什麼！那時候正年輕，有的是膽識與骨氣，我還記得當晚在台北下了車，實在沒地方去，身上又沒錢，連行李也沒拎個，便睡在車站的女廁裡。」車子彷彿被她開回了時光隧道。

「唉——都過去了。對了，你住哪裡？」她略側過臉來，我清楚看到她那兩瓣嬌小的唇上仍塗著油亮的口紅，在光裡瞬間一閃。

「……南部。」我隨口滑出了一句。那只是我童年的記憶。

「跑這麼遠呀，在台北不比南部，物價房價都高，治安也不好，一切都要小心為妙！」

「妳……妳不怕？」我好奇地問。

「怕？怕呀，怎不怕，怕你就不會載你了，這年頭不要說人怕人，就算真怕，自己也會嚇死自己。」

呵、呵、呵，我們不約而同都笑了，笑盪漾在夜的漩渦裡，一直延伸到無盡的黑幕……

六

「台北站到了！」她輕輕踩了剎車，喚醒打盹的我。

我睜開眼，繽紛的亮光投進眼眸，斗大的地標看板在上方天空似地亮著。

「謝謝妳。」

「——你在找什麼？」

「行李。」

「你不是正要進去找行李嗎！」

「噢——對不起，我忘了，我忘了。」我尷尬地作搔首樣。

「沒關係！出外人，難免如此，」站內突然傳來悠長的汽笛聲，「快去吧，再見。」

輕輕一聲再見，我步出了車門，方真正從剛才的惺忪裡清醒，想再追問她的姓名時，車子已沒入行進的車流裡——

深夜的車站沒有什麼人，連火車也都零散地趴在月台附近酣眠。班次零零落落的，偌大的站內，許多窗檯都已將鐵門拉下，有些燈也被關滅，顯得比平常昏黯。

我沿著白色的石磚走著，清脆的足印在背後響著，像錶鐘的漏滴。我看了一旁液晶螢幕顯示的時間，停在凌晨三點零四分的位置，一動也不再動了，恰巧與我腳面形成相切的角度。

售票亭沒有售票，票口也空無一人。「差幾分，那末車也將開走了！」我想起那女子的故事，及我的那一段往事。

車站其實也可以這麼安靜的，讓時間不再流動定住它。我抬頭上望，它像一個巨大的座標，有不變的象限與軸點，但——人都到哪裡去了？

他們一定都像我的行李一樣，躲藏了起來，噤聲地躲在時間背後。旅客的留言板上被塗了又改，改了又塗，有人在上頭作遊樂的玩謔，作約定的別語，在那被白漬浸滿的臉上，我覺得一定還有某些聲音在掙扎在等待。

我繞到杜樑背後，那有一面牆，貼滿了遺失物的告示牌，手錶、皮夾、外套、吉它、眼鏡……居然還有鑽戒及內衣褲。

我瀏覽了一遍又一遍，就是未見一只褐色的行李。這些遺失物啊，該以怎樣的一個理由被贖回，主人還記得它們嗎？它們自四面方而來，卻在這樣一個機緣下一塊兒相逢一齊會聚，以彼此的氣味，以陌生的旅站及身份。幸吧？抑或不幸？

「都已經來了，不如就坐上車吧。」一夜宿車站的滋味恐是不好受的。我摸了摸口袋，把所有零錢都掏出，在自動售票機上徘徊了許久，終於按下了那個按鍵。

夜車，很靜。我將窗打開，把口袋裡切割下的分類廣告全灑向風中，在火車機械式的隆聲裡我睡去，夢裡，我發現母親的大布袋被打了開來，裡頭是一具具頭肢分異的木刻泥像，臉上雕滿了憤怒皆戾的神情，在她一次又一次的聲聲禱詞中，又逐漸展顏逐漸甦醒……

流過冷泉鄉的福馬林

而我又在那個地方看見父親——

輕輕拿起一塊肥皂，慢慢地在那乾黃的胸前細細搓洗。他十分專注地看著自己那日益蒼老的身軀，以致無法注意到，在遠方，一個小小的窗，他的兒子，正在注視著他。從水面泛起一些水波，他將剛抹上去的肥皂，揉洗成一塊塊泡沫，繼續在身上抹擦著。快七十了，算算父親，晚婚的父親，現在已快七十了。以往那雄健的跑船身體，已禁不起歲月的挫弄了；那身體終也慢慢老朽下來，像塊被五官搓洗過久的毛巾，破了、殘壞了。

浸泡在冷泉鄉下無數的雨季，暗無天日的光，使人心裡也始終是蒙上雲翳的。父親在這住了半世紀了，如果吸嗅進去的水珠，都能嗅回，那將是一個怎樣的肺腔。幾年前，長期勞頓的父親的肺，終於出了問題住進醫院。後來，身體的狀況一直不理想。肝和胃都開過幾次刀，全身上下的毛病都被醫生找遍了，但病仍舊在。而雨仍在下，水仍在流，不知何時能停止。

他的視力也因病痛，而逐漸模糊、老化。離開跑船那段日子，我經常看他坐在窗口，望著遠方的漁船發呆久久，不知在想些什麼，並會口中喃喃著：「彼隻船袂凍賣人！彼隻船袂凍賣人！彼隻船……」他日日徘徊在那個窗口，在那個窗口，足足待了有近兩年之久。有時，就在籐椅上張著口睡著了；有時讓窗口打進的雨淋到，也不知移動身體。當他起身離開那個窗口前，我經常是在他身後觀看他的，直到他到臥房去睡覺，才去將那被風雨搖展的窗口關上。兩年了，因他暴躁的脾氣，家裡人不敢輕易親近，除了吃飯和晚間新聞前的肥皂劇。

兩年未經過仔細打掃的那個窗戶，地上蒙了一層灰，並有深深淺淺的踏痕；長期躺臥的木椅，也留下了一道長長的白色凹痕。那是他生活過的痕跡，思考過的痕跡……

如今，我又在另一個窗口看他。一個巨大陰暗、無底的窗口，充滿無語無盡的雨絲，沒有邊界邊境的窗口。當他走下樓去，走到戶外時，我曾在心中雀躍許久——也許，我可以不必再靠他的背影過活；一個孤單錯亂的老人的背影，一個被時間浸泡過久的老人身影。然而，我確實又窺見了他；不同的，只是換了個窗口——如同現在我所站的這個位置的小窗口，把他生硬幾近龜行的一舉一動全都如用麻醉劑般注進眼簾。

不知什麼時，他自己會一個人來到這裡，來到這個村里民共同挖設的冷泉池。浸泡他那許久未出海飄蕩的身軀。是從去年冬春之交開始的吧，那年我正陪同一群來自台北的朋友，約好來這洗冷泉遊玩，並要我當導遊。我在從大城市老遠駛來的朋友氣派跑車內，不經意瞥見了他的身影。我看他手中提著一包他多年前出海時，常用來裝一些漁具的舊式白蘭洗潔袋，正徒步走過大大小小船隻停靠的港口，穿梭過一個個騎機車和腳踏車、頭上或手上頂著漁具的男女。手上那只破舊的袋子，許承載不了那麼多器物，硬將塞不下的一段短布露在風中，那是他在家盥沐後很私密的一件大毛巾，現在宛如一截灰漬的紅舌頭，當眾一路上與他拖拔著。我知道，他要帶著它們，走了一段長路，來到南方澳的站牌下；準備等著，等著每半小時一班，一班發往宜蘭的台汽客運。

我和他就這樣擦肩，透過這樣一個挪動的窗口——

他一定不知道他的兒子眼睛是如此小心翼翼地盯著他，在不吵動任何人的喧鬧中。他終於還是被窗口挪走了！約莫一個小時後，我們再次碰面，在這個公共浴室。我知道他會來這的，刻意要朋友多留一會兒。裸著全身的他，皮膚皺黃下垂，被歲月一層層拉扯剝開，像極了小時候，不經意看見祖母在更衣時的一對癟乳。那是餵養眾生後，遂被厭棄的乳。

現在他已將全身都醮滿了肥皂泡沫，仔仔細細搓洗過，連頭髮亦然。我從未看過他這麼努力擦洗自己的身軀，像要脫去這塊留在身上的皮囊，祈靠不斷地洗滌洗滌，來自那灰濛巨大窗口的純淨雨絲，給予新的青春，帶走並淨化這無名的恐懼……

身旁的好友，並不知道自己的父親正和我們一起沐浴的。他們在城市長大，這個地方，對他們來說，永遠只是個過客。就像每年冬天一到，合歡山上結起冰霜，車隊邐迤包攏，呼熱起山路；在興奮難得的時刻，留下永不抹滅的印記。

他們不會知道日日與雨相處的感受……

他們個個體魄雄壯，正值華年。老鼠態的肌肉，在全身上下跑竄，反射在粼粼的波光中。未來的路正要往上爬，像那沿腹部而下的六塊肌；夢想，願是一條精力永不怠惰的直線，像那勃發的海綿體雄風。

而父親，靜靜一個人在那角落，搓洗自己的身體，下滑的身軀……

他用了小瓢盆舀了在地下湧動的泉水，往自己的身上淋去……

泡沫瞬間從他泛白的身體墜入無聲的河底，一次又一次，一次又一次……小時候也曾和父親來到這個地方，一同洗冷泉，那時候的泉水只覺得是來自雨水，回歸雨水，就像窗外始終不停飄落的雨絲，從不覺得冷。隨同來的，還有父親雇用的船員。那時我剛升國中，當一群人脫光全身躍入水池時，我才知道我自己和別人不同之處——沒有老鼠般亂竄的肌肉，沒有父親臂上那被日光截然二分的兩種顏色，沒有……

我嚇得差點不敢入水，是在大家催鼓下，才勉強用個毛巾遮著下去的。我在想，那時，我大概是初生之犢吧，只是一個還在享受子宮之濕潤的嬰孩；只是一個在父親張撐的傘臂下，庇佑的弱小影骸……

船隻會被造成，人會成長，如同天氣也會放晴。許長久聽慣了雨聲，在晴天中聽河港發出的汽笛，還真覺它不夠乾脆響亮。被船隻染成綠色的港口，在整日滴落的雨聲中響起汽笛，是我永遠也無法忘懷的記憶。我曾在那裡揮手向父親道別，目送父親歸航；也曾跳上甲板，去他的船艙酣眠。偶爾也調皮地在他掛在艙壁上的褲管摸摸，拿幾個銅板去買枝仔冰。

當我知道冷泉之水的冷後，我已經很少再去泡澡了。也許，我就不該知道泉水冷的；那麼，我會愉快地在雨中堆著泥土，唱著歌兒。但我卻在父親最需要安慰的時候，離開了他，到外地打拚；當下決定：再也不想回到這終日被時間的雨絲淋浸的鄉土……它像一種福馬林的藥劑，將人活生生麻痺，活生生禁錮在時間的籠牢裡……從此，雨便成了我安慰自己離鄉的藉口。雨，也變成了我和父親的陽光，只是這個陽光，沒有熱度，沒有言語沒有表情，只是冰冰冷冷地貼在彼此的肌膚。聽母親說，我離開後，父親仍是一個人帶著那洗潔袋，走遠遠的路，坐公車到蘇澳；仍是一個人在窗口，望著無數的船隻發呆。「嘸欲按怎，身體不好，現在外勞這呢多，抓漁誰欲請？」母親在電話的另一頭幽幽地說。那是母親為了父親身體考量，偷偷將他的船賣了不久以後。

雨不斷落在故鄉的土地上，使得土地永遠是陰暗而潮溼……

雨中有河油的氣味、木船建造的竹筏和油漆味，雨中，有人歎息的氣味。離開故鄉後，便很少再回來！也許當初父親的船堅持不賣，是有他的考量的，他在想那個傘下小小的影子會成長，當他禁不住肉身抵抗時。然而，現在他什麼都沒了，什麼也沒留著了，是要怪這個窗口，還是要怪那窗外綿綿不盡的雨絲……

一年三百六十五天，天天奔轉；一年四季，季季輪嬗。迎風的東北，多雨的東北，陰暗的天空下，人群不能停止奔波，不能不提醒自己，去濺起一灘灘屬於時間、也屬於生命的水花。不斷飄落的雨絲，使我無法辨別他們的面容，儘管有各種無形的有形的、大的小的窗口，但我仍看不清那不斷被雨水磨漬的父親的五官……而它還是要在天空不停地流、在地上不停地滾……

也想就待在這兒不再流動，好好陪他在窗口坐坐，看看那隨著汽笛游移的船隻，和雲海。像他一輩子不想踏離這個地方一樣，像泉水永遠不願向他鄉流。但這無盡的雨絲啊，你能帶給未來的我什麼；能帶給未來的我的父親什麼？……呵，雨呀，回答我啊？

你能留住觀光客的腳步，帶來一批批遊覽的車隊，一群群囂張的塵埃及垃圾……洗冷泉、看佛寺、戲船……即使是下著傾盆大雨，也都油生一種異地暢遊的，清新的浪漫的舒愉感。但，你能給這雙廉價卻想奮鬥的雙手什麼？

望著石巖的頂端，頸上罩著一條小毛巾，父親啊，您在想些什麼？……會和我是一樣的嗎？兒子回來了您知不知道？讓我們再回到您壯年時，一同躍入冷泉池的感覺好嗎？……

遞一條毛巾給我吧！您的背還沒擦乾——

亞里斯多德的魚網

悲劇對嚴肅，完整，而具相當重要性的行動的模仿；它的語言雕琢精緻，在劇中各個部分有多種藝巧潤飾；它是以動作形式呈現而非敘述；透過憐憫與恐懼之情達到滌清這些情緒效果。

父親，你要出航了，這是這幾個月來，你們再次的出港。連綿的颱風與大雨，使你們的船隻，必需停靠在岸上。這是你所謂生活的「行動」，沒有這行動，生存無以為繼。你十七歲開始跑船，整整跑了半個世紀，如今你已七十了。你揮別岸上七歲的我和二十七歲孤瘦的母親，來來回回，迄今我彷彿仍見你在站立在甲板上，英姿勃發。若有所思，對不確定的未來充滿肯定敘述。

這是我僅存的一張相片，在那個時代的你的身影，黑白的紙頁中，卻掩不住你對海翻湧的憧憬與旭日的清輝。船隻在你身後，還有一整片擋在更遠方的山影。有些人一生，似乎就注定在某個地方，如同我們與我們的漁港；也有些人生命，似乎就必須與某種事物為生，就像我們與那片廣闊深邃的大海。大海與我們一定有種神祕的關係，我站在岸上時常想。我們靠它吃飯，卻又被強迫得征服它。

這其中，一定存在著某種奧義，我還在思索，用許多方式，我放棄了你使用的魚鉤。我拿起了筆桿，相信你也希望我不要吃這麼苦的事，能有一番好作為。但每當我想到這筆桿迄今仍無法為你捕獵大量魚獲，內心不由得心慌起來了。你的人生真得好像又回到我手中的黑白世界中去了。

故大體而言，凡屬悲劇均容含六個要素，以確立悲劇之性質。此六要素為：故事或情節、性格、語法、思想、場景及旋律。

長期的和魚群拔河，你終究也輸了，新生的魚群咬破你所有的網具，你船隻沉了，夢中也浸水了。你將它們從廢墟中拉出，你的船變成一艘有輪的椅子，代著你在往後生命滑動於陸地間。似乎那些魚群以更拙壯的成長向你炫耀式的報復，早在四、五年前，牠們就和我們的生活玩起遊戲，躲到我們崇敬的大海深處，任再多的魚船嗅尋亦無所獲。只會在夜裡，隔著一塊牆，向未眠的我們偷襲。你想到的是我不成才的人生和你老邁的身子，而我眼睛映照的，如兩隻死魚眼。我如何能告訴你，藝術與生活之間存有更真更美的價值。

我常常覺得自己就是一隻魚，長期被你追趕著，你用餌釣我，以蠻橫的網圍補我，但都被一一逃開。你卻仍窮追不捨。父親，我累了，我想好好休息了，讓我也可躲回深穴地，不再有生活的餌誘與追補的煩惱好嗎？你可知，你現在一個嘆息，便可將我刺殺於甲板上。大海，已許久未給我水分，我已乾涸了，你聽到我微弱的呼息與掙扎嗎？再一步，我就會入枯魚之肆的。

這個河港沒留住多少年輕人，卻航進來了更多外籍的臉孔。小城帶給我們只是一大堆觀光護照、紀念品、異國風情與夢影，那河港照亮我們青春，又顫顫地將雙手伸回去……你不希望我和你一樣是漁夫，但我卻更想讓自己不是一隻你總在追補的魚。我想在證明筆桿世界中，比你的魚鉤堅毅豐實，卻履被你的魚鉤擊傷。你把魚鉤倒過來，質詰我，使我對自己的大海、自己的人生困頓疑惑起來。

> 吾人於分析悲劇各要素之後，現在來討論故事或情節的適當構造，此為悲劇最先與最重要之原則。

父親，我們都被亞里斯多德的魚網圍住了，你知道嗎？就如同我們在黎明前，背對板牆的木床上思索：為何會這樣？到底怎回事？你用巾著網捕魚，到河港的遠方，我夾著鰭，四處流竄，而亞里斯多德卻不費吹灰之力便把我們擒住。我們都是他的形式，在這形式中，發現生命。如同大自然的風力和暴雨，在一定的時候，會回到它秩序和諧的狀態，而我們都在這種狀態中尋求一種長久穩定的訊息。你會懂的，父親，你日日夜夜和大海與天雲為伴，你一定懂得我在說什麼。你不用咳聲回答我也知道的。

悲劇，來自於這種長久的斷裂。父親，我想追求的不是如何被補獲，而是如何把這斷裂修補起來。亞里斯多德給了我釣魚的原則方法，不像你只給了我一隻魚桿，我相信我若照實去做，一定會給你個答覆的。但是，父親，我的咳病也比你重了，我拿不出什麼證明。我沒辦法在那藝術的大海裡掙回任何東西，我無法以通俗的情節和虛情的語法去營造任何場景，賺取收入，我在裡頭找不到何可以完成生命訊息的東西；我試圖回到充滿奧義的大海去叩問，但那個充滿真理一部份的地方，也無語。我意欲也企圖將那自然的力量與和諧感受，書寫於你身上並補捉點流暢行雲韻腳，但它們像石頭一樣噗通落入深深海裡，沒有任何回響——

所謂完整乃指有開始、中間與結束。一個故事或情節必須有某種長度，其長度為適宜於記憶者。

生命真的就是為了治療身上的病痛，找尋存活下去的止咳劑嗎？為何我翻山越嶺找到你那艘沉落意識之海深處的船，也沒有答案；為何我遍尋大海中，雁群南去，葦花秋開的完整時間寓言裡，仍是徒然。回到小屋，回到那木床上和你背望，我才知道，這就是亞里斯多德所謂情節的長度嗎？它有開始，有中間，有結束，而且適宜記憶。

是的，我要記憶的，是你那已經發黑的肺葉，和日日被雨水海水漬蝕與兀鳥啃琢的發黃的肝。推你坐輪椅到河堤看餘暉時，我驚覺——原來，我們都是已枯掉的魚身，在這河港之肆裡。這是一個想像故事世界裡的中間還是尾聲了？船的嗚嗚聲，若似天啟。你曾經拋下巨錨，聲納鎖定方位，如今巨錨被海水鏽蝕成一個巨大的污塊，停在你生命器官裡，靠血液輸送到每個細胞裡（包含記憶）；而那曾掃瞄的一波波聲納，似乎都倒回向生命追索，成一聲聲耳空啼喊。

人生，真的在故事和情節中被完成了！那麼，故事和情節又波光粼粼映射著什麼？我要在這樣的結束中，再起一個開頭，告訴你我們可以在黑暗的對望裡，想像最美麗的風景，你經歷過的大風大浪我想聽，你做過的夢境我想去，你聞見過的海陸之交接與船旗之圖身我想見聞。讓我們再次揣想大海的性格與風骨，包括那平靜的銀波，那濤天的巨浪，我會一一把它寫進這樣一個方法學中，暫時地把生命形塑完成。我也要將你的風姿寫進這豐妙的世界中，這深邃的山海想像裡，它將永恆停駐，不會老皺、硬化與浸水——

故事的長度一貫以作為一個整體的便於了解為限，美是構成其長度之理由。

答應我，父親，讓我們這樣做，這樣我們或許都能減輕些疼苦，我正對著牆看著你，你看到我枯涸的眼底盡是水的想望嗎？揚起帆吧，在這子夜裡，我們一起航向海的正心。神祕的，豐收的，海的季節……

我，和母親的單人競技場

樓下，又傳起蒜入油鍋的聲音，再過一分鐘，我就會聞到它的香味。推開椅子擱下筆，我將窗關上，在雨聲中步下樓去，想看看母親炒菜的身影，試圖沉浸在幼年記憶的香味裡。這個味道，我再熟悉也不過了，常年在外奔波，省吃儉用，吃得是大鍋炒且重調味的食物料理，味覺早被打亂。每次，回到家，總是自己味覺重新整理的時候。但這種整理，又五味雜陳，多了一種人世的辛酸。我走到那個樓梯轉角口，小時候，我是可以蹲下來，把頭整顆探出去，欣賞母親的廚藝與食材的。現在都不行了！我和母親的關係，漸漸止於這個隘口。母親靜靜，把剔好腸子與臟器的魚取了出來，牠身上被母親劃了好幾刀，母親刀法一向俐落。水族在米酒與鹽濃烈的味道裡甦醒，母親繼續將切好的洋蔥絲、青椒絲與辣椒放入正在爆香的蒜末，嗶嗶剝剁，被炒得有點焦黃的蒜末在油鍋裡，疼痛地躍跳了起來——

母親蹙著眉，煙霧在她眼前彌漫，這一個小型羅馬競技場，在父親過世後，便被巨大的陰鬱與憂思所環繞。她站在中央就像一個鬥士般，對抗著種種仇敵，以及破柵欄而出的凶狠野獸。她緊緊揪著心房，深怕一不小心便會被攻擊成傷。揮著沉默的鍋鏟與盾牌，汗水涔涔自額際流出。圍著的戰盔袍衣，沾滿了歲月的醬料，東一塊，西一塊，像是醬油糊上去，又似斑黃的血跡。那父親斷指的血痕，曾經留在那裡；她在最後採取了防衛攻勢。油水珠爬動的聲唳裡，母親始終像我手上這截多出的手指，在父親的菸頭彈指間，煙消雲散，輕易地被另一個女子，酸甜的醋味所取代。父親的手指那麼溫柔撫觸過她的頸項，卻又那麼無情地對她頤指。幼年時，常在臥室，便常聽到鍋碗瓢盆爭辯的聲音，後來，知悉了它們的論點，對人生的看法，便漸漸較能釋懷了。

另一個爐上，半滿金黃的熱油，早於一旁等待。母親將魚沾上蛋液，又將牠裹上地瓜粉，輕輕放入油鍋裡。魚兒瞪著大眼，好像復活一般，重新回到海藍的世界。在這多雨的城鎮，金黃色的陽光沐淋在身上的時間，本就不多；惟一辦法就是，轉化對溫度的撫觸，把雨也調到一種有熱度的光線裡，當它們打在身上時，就不會有那麼多的苦楚與不平。我對陽光的見解不深，這個觀光的鎮城也不需要太多的陽光，所有一切都會外流，外匯、飾品、廉價卻有一大堆抱負的手、一大堆被掏出的臟器，還有一些帶不走的情感留下，堵在這條小鎮人們可以做夢的通道與出口。這是我的競技場，和母親完全不類同，在想像世界裡，我是一個至上的王，當愁思要突襲時，我便化千軍萬馬，直搗黃龍，攻其要害。我和母親，各自在自己的領地裡，相安無事了許多年，直到父親的死亡，才慢慢又騷動了起來。

在他鄉的日子，我追求自己的人生，拿著自己的筆如槍矛，不斷戳刺人生的虛假與論證，企圖在遠離人生的言語包裝裡，找到更貼近生命流域的方式。有時，是天人交戰，現實腸胃陷入極度的困頓與恐慌時，需轉化筆鋒，把墨液填上了甜辣醬味，更遠離人生的虛假。母親在故鄉，以其勞力，在海鮮店裡，日日剔腸去垢，為了來自四面八方形形色色的嘴，努力尋找新鮮的魚材，製成獨步的鮮美羹饌：剮鱗，去臟，剁砍，裁切，母親差事煩重，薪餉卻十分微薄，僅供溫飽。我們相隔在兩個陣地，儘管各自司政，她卻屢屢來我城門下，想勸退我在藝術上奔赴的決心，試圖說服與說明，以我多餘的手指連繫，那隻她愛人所斷殘的。似曾相識，感覺卻早已消失殆盡的，兩根無名指。

魚，從金黃的海域游回來了，滋滋，母親將其撈上來，放在明淨的陶盆裡，熱油貼附在肉綻的魚身，粉末酥粒的包覆下，像是一條條銀色的精鏈，鑲在灰暗低廉生命的入口，彷彿是神明最後的一個報償與寬示。那一陣子，她來到我台中的居地，我帶她到大賣場，時常看她佇立在倒立的平底鍋前，喃喃自語，似乎在說些什麼，我湊過去，她便不再說話，因而我只能在稍遠看著她，與那個映著我們身影的鏡子。她的另一個兒子，早游出大海，不再理她了，也不再回來。我，在人生之路上所汲汲的，與她背馳，無以讓她安心，也無以解決她餐食。她一身的疼苦，重度憂鬱，也不能再工作，樂園早已成廢墟。時常抱怨一生殺太多魚，是一種報復，像那些無形的，在競技場裡不斷挑逗她的猛獸。那些驅趕不走的洪水惡靈，她無法殺死牠們，即使現在安置好，隨時都有被侵擾的危險。

我們似乎都缺少群眾，而她的群眾本就少，如今只剩我一人。現在，那條由異鄉捕撈回來的魚，安靜躺在器皿上，等待鮮紅的蕃茄汁液澆覆，等會就要上桌了。我回到了她的堡壘，在烹煮與品嗅之間，只能透過魚兒，來傳達彼此的落寞。我們各自受人生的落寞啃蝕，只有在深夜的夢境，才彼此合作演出。在這國際大城技競的看台中央，使出拿手絕活。她將故鄉帶來的山雞放出籠來，兩隻雞開始拼鬥，討喜的模樣，逗得上方的觀眾呵呵大笑。接著，母親會梳起她那滑稽的大魷魚髻頭，然後像港劇那種爆牙又邋遢的胖女人裝，執起菜刀，追著牠們四處奔跑。我會從另一端的大型竹籃裡出來，戴著小丑的高帽，擠眉弄眼，開始玩起雜耍翻筋斗，吹著空中四落的雞毛，滾動肘上不能斷裂的拋物線，直到如雷的掌聲響起——

是的，我們會有一筆可觀的收入，支撐我無憂的寫作生涯；母親會治好種種在現實裡缺乏想像的夢，為它們添加翅羽與希望。好菜上桌了！當我知道，等會母親會習慣地由那個梯口喚著我下來吃飯時，我竟無意地加速跳逃。我們無聲地吃著這道被炸得酥脆金黃的魚。以前，父親是坐在我身旁這個位置，現在只剩大幅的遺照，我抬起頭時，輕煙裊裊升起，靜靜地望著我和低頭扒飯的母親。多了一隻手指，舉箸提筆，早已習慣它們該分工的位置與力道。雖不至於嫌惡它多餘，卻早無視其存在；一如父親的斷指。母親曾是父親的那根指頭，融入憤恨的油鍋時，便不復再尋返人世的種種溫情與記憶，但我知道她還一直深愛著父親的；現在我能說她悄悄轉變成我手上這根手指嗎？……

為了那不相疇的人生規劃與追求。在這日日下雨卻又充滿觀光消費的小鎮，我不知能帶給她什麼？繼續做著父親打漁的志業嗎？到頭來得到是——更多廉價的外籍勞工？或是老天詭譎扳起面色，不再施捨任何魚隻？抑或，直接將其漩入大海的深渦裡，永劫不復……

咯咯，咯咯！電視機沒有心思地傳響著魚罐頭般撞擊的笑聲，母親瞇起小小的眼睛，抬頭望了一下，我順勢把頭低下去。米粒香Q帶勁，佈滿彼此的舌尖與口腔。「沒熟！」當我將魚翻身，準備舉箸再投時，發覺這另面幾近半生。母親急忙，又把牠倒進鍋裡烹煮，面露驚慌的神色。她煮魚技法一向高絕，想必為今日的粗心，大感不解。起鍋時，整隻魚卻都焦乾變味，糖醋的紅棕色澤沾了一堆黑灰的焦物。我再挾起一塊放入嘴裡，覺得味道奇苦，實在令人難以下嚥，簡單做勢扒個了幾口，便匆匆離開了餐桌。

要離開母親，北上回到工作崗位時，母親背對著我，外頭的雨還在下，雨聲蓋過洗碗槽水流滑過她指尖的聲音。望著她靜默痀僂的背影，突然覺得它似由醬油糊成的，急於倒入我這沙丁魚的世界。我是在逃離她的追捕？還是我們其實都想為對方做一道精美的佳餚，留住彼此。人類在何時便懂得漁獵為生？並知熟食享受其美味，又是何時知道把牠們加入大量防腐劑，製成魚罐！回到彼此的技競場裡，我們會再受到無名的憂思所襲擾，站在中央，全沒有半個敵人。敵人究竟是誰？是我，是母親？

冷風颼颼，再次戍臨這無可躲藏的圓形戰場，我像哈姆雷特，在戒備森嚴的夜裡，對著無以辨別方位、不明其自的人生迷團，黯然垂下首去……

啞城

當幕起時，他的眼神不僅遠望星空，更深窺人心。我認識他更甚於我自己，他不僅是生活的見證人，更是人類偉大激情的化身。

——Marcel Marceau

母親終於要過來了！來到我離鄉長居的城市。

父親過世兩年了，她就一個人靜靜待在家鄉，鮮少出門。我們家兄弟都各分東西，一個南，一個中，一個北，平日甚少相聚，更遑論陪伴在她身邊。算算，我早已是半個台中人。以前在老家時，有老父相伴，還有個照應。現今父親就這麼把手一撒，剩她孤伶伶一個人了。我跟母親的話本來就不多，常常兩人在一起看電視，屋室只有迴盪電視機罐頭的笑聲，與照映在彼此眼眸中七彩鬧劇的服裝。偶爾難得回到家，我也都鎖在自己的空間裡，吃飯時，她才會喚我下來。有時會覺得，我們就像默劇裡的演員，只能用眼神、表情和姿勢傳達意思，話語髣髴喪失了功能。

母親經常上樓燒香拜拜，勢必要經過我的臥室。先是搬物的重響撞開我的夢境，然後在一陣佛音梵唱後，空中開始傳來紙錢在火中舒展的味道。我總在這時候醒來，眼睛望著天花板，腦中卻盤旋著母親那在神龕前不斷來回走動的急切腳步聲。我會起身在房門口看她，她髣髴不知道我背對著她，仍一逕忙自己的，倒酒、擺盤、點燭……我看著她背影出神──「唔，你醒了，來燒香給你爸爸拜拜吧！」這才回神過來，跟著她捻香。我已經習慣看母親的背影，看歲月風霜如何凌厲，讓一個遊子滿載更大的虧欠。晚上我們一同在廚房，把拜拜東西協力煮來吃，然後靜靜看著電視。父親過世後，彼此的關係有了些微轉變，我經常回家，沒有什麼特別事情，只想多陪陪她。

雖然相處時間變多，話題卻總搭不上，母親不是會刻意去找話題的人，因而感覺我們更沉默了。台中到了，她從停靠的列車靜靜地走了下來，我遠遠就看到，一個簡單的行李，步履卻顯得有些痀僂、吃力。我想起，那天，在幫她梳理頭髮時，發覺到髮際大片往後，白髮瞬間佇留不少，無人拔理。鏡裡的雙眼，十分空洞無神。我問母親何時到我那兒去走走，她看著鏡前的自己，用手撫撫耳前未服妥的髮根，笑了笑，似乎是一種暗示，一種像默劇演員的對話方式。她坐在妝奩前的椅上，身體的關節筆直著，像似螺絲定鎖，沒有彎曲亦無動作。我別過頭去，步行地移動，到窗口。午後的太陽輕輕點灑於百頁窗口，櫺條上現露了一層薄薄的灰，我用手指輕輕沾附，想想，唉，母親應很久沒打開它了吧！

母親允諾來到我的舞台！來到這個沒有什麼佈景與燈光效果的舞台，一個人唱獨角戲那麼久了，每天演著同樣的劇情與動作，幾乎閉著眼睛，都可模擬昨天的情緒與心情。算一算，我來台中已經十五年了，曾經寒窗苦讀好幾年書，卻在畢業後，遇到更大環境的灰窗。始終沒有好的發展，薪水拿去付房租再加上一些額外開銷，所剩不多，日子過得其實有點辛苦。我換過無數職業，連跑龍套及學校社團臨時演員都待過。每次粉墨登場，是沒有人喜歡的裝扮與行頭；晚上則窩在租屋的昏黃桌燈下孵寫劇本。在藝術世界中與現實商業的君王不停磨合，這是不允一絲絲的模仿，此乃廷法與宮臣們所輕蔑，否則我得不到我要的麵包與水，甚有被驅趕出境之危險。

母親拿出了發皺的紙頁，四處張望，似乎在辨別我的方位，緊抓著的提袋裡柑橘與魷魚特產，因慌張而顯得左右搖晃起來。那整截露在髒污環保袋外的魷魚頭，很符合她今天的髮型與滑稽妝扮。經濟不景氣那幾年，傳藝公司一下倒閉，連個資遣費也沒用。情急之下，連劇本也不寫龍套也不跑了，跑去和人學按摩。先學「腳底」速成，不僅姿態最低，還得每天撫摸客人未洗淨的腳，有時還被嫌沒經驗，搞得經理不時要出來替我（公司？）解圍。倍覺窩囊！後來就改學按摩全身，以前習慣幫父親搥肩打背，想來應該也不難。先去圖書館借了一堆經道穴絡的書，再「寒窗」苦讀想一展身手，誰知道去後才知是一間間幽暗的小室。「先倒出一些按摩油，你知道嘛，」老闆露出詭異的笑容：「然後再照著你感覺推就行了！沒問題的啦。」心裡想不用任何技術？賺錢那麼容易？後來才知道，報紙刊登的根本不是什麼「純正」按摩院，是要應付客人隨時的特別「需求」的。我抓起剛褪下的衣物，一逕往外衝，走了好遠，在一處公園坐下，伸起手，才發覺手上的油還未乾，而眼眶卻是溼濡的。

其實我和母親有相同的故事，好像合作無間般，有一樣的祕密。母親辛勤地在家鄉做著魚工的事業，從晚上到白天都沒歇息，她的手到現在還是許多因剮魚而被菜刀及魚刺割裂的傷疤。嗷嗷觀光客的嘴發亮，像餓壞的嬰孩般，不斷催促她快點完成該有的煮食特技。而我，其實更像卓別林，到他鄉一圓淘金夢想，在摩登的台中城，玩起雜耍，跳起芭蕾，外表是寬鬆的褲子，裡頭腰帶卻是緊勒的，為了尋找適合人生的劇本與裝扮，十足發噱的搞笑流浪漢模樣。這個城市，只是沒有下雪，若真有，我相信，我也會脫下那臭大的皮靴煮了來吃。我笑了笑，再度揮手，母親朝我走了過來，我也直移動過去，我們將在這個城市，重新會合，像川河匯流一樣。

到底是誰發明小丑這個角色，笑笑紅艷的大嘴，卻有半顆淚懸著。腦中盪著柏格森說過的話語：「淡漠是笑的天然環境，因為情緒是笑的大敵」，每個小丑若聽到這句話，應該都會點頭如搗蒜般深表贊同吧。我也是的！小時曾在家中母親的梳妝臺前，將抽撕開來的被單製成衣袍，在衣袍裡裝滿無數的小球，半顆小球綴成紅鼻，再穿上父親寬大的皮靴，帽子，手杖，跟姐姐與哥哥玩著遊戲，把家人逗得不可遏止。「很乖喔，將來一定是個偉大的表演家，」大姑二姑的聲音，在小小空間裡此起彼落：「會逗人發噱，是一件偉大的工作！」在越來越膨脹的軀體裡、人聲俱逝的舞台上，我恍若在鏡花水月的世界投射裡，看到前世似曾相識的記憶，依著做為命運構建的形象。獨立而完整，枯槁且爆笑。

母親也看到我了，感覺她做出一個以手軸關節為支點的孤立動作。眼睛在她小小的眼窩裡，瞇成一條縫，它將變為一把鑰匙，解啟這個盆地的暗碼。接過了母親的柑橘與行李，感覺那重量微微在心底滑過，像夢境一樣。兩人沉默的演出，勢將為這城市帶來一番意義。

我幫她提起柑橘，卻對那隻雞及魷魚露出鄙夷的神情，「難道見雞頭的宴會還少嗎？」我心想著，一面跟母親問候。我們一起走到後站，那裡新蓋的百貨公司電梯正繁忙地於地表及空中穿梭，彷彿坐上就可以馳騁飛上天際。童年時，母親總騎著老舊的腳踏車，載我在故鄉雨中的小道穿梭，剎車聲清脆泠泠，為了把今天代工織串好的珊瑚亮片，送回漁市旁漂亮的老闆阿姨家。工作結束後，母親總會帶我去吃吃陽春麵，那時候一碗才十元，湯頭卻異常甘美，用料也很實在。她也會買玩具給我，雖然不是什麼高級品，卻是我至今每逢佳節思親時會浮現的記憶。我們經過百貨公司正門時，正有幾位老年人在發宣傳單，我看了單價似乎都不便宜，但我知道母親喜歡吃冰，顧不得價錢拉帶她進去坐下，把溽暑關在外面。看到她吃得津津有味的表情，突然間覺得這一刻我好幸福，不用再躲在她後面看她的背影過活了，至少暫時。「躲？」母親忽然吐出這個字震懾了我，我眼神倏地從淨遠的窗外奔回來——「對，『躲』在廣告板後面是？」順著母親的話語我又望向窗外，那是一個個建商的廣告，因無法在此立架，遂想此奇招，以招徠客戶規避罰責。立型看板後，其實不乏十幾歲年輕人，經常一站就是十幾個小時……這城市的冰山一浮現，整個面貌就托出了，我無以跟母親解釋城市的全部面貌，怕自己跌入更深的窘境裡，趕緊回說時間不早了，我們騎車走吧之類話語。

據說「笑劇」的拉丁文字為「farce」，本意是指「填入碎肉」（to stuff with forcemeat），後來卻引申為「填入低級的幽默與放肆的機智」。原來小丑這麼賣命付出，就只留下低級趣味的「美名」，連胞體的「喜劇」都對它嗤之以鼻。騎上了機車，遞給母親一頂很破舊的安全帽，起初母親面有難色，幾經解釋後她也釋懷。發動機車，那轟轟巨響，驚動了立型看板後的年輕人，我不經意看到他們，都有一雙深邃漂亮的眼睛，卻淡抹著無可名狀的憂愁。我為這老機車突然迸發的聲響，對他們點頭示意，他們也露出排排皓齒回敬。向前行去時，我從後照鏡看到們稚氣的臉龐，卻全包裹著早熟的風霜。

他們，和母親俱是我啞劇裡的演員，然而最大的主角不是我，是這座充滿符碼與暗號的城，由於它的沉默、寡言，我必需不停去挖掘、找尋更切合的意義。我會繼續找尋下去，如同逗趣的機踏車會自動把我們引向該去的方向，母親也會緊緊且呵呵地按住我的腰，做為平衡，恣意地前進。輪軸穿行在盆地上緣的徑道，向下直線滑落——急速爬升——這樣一定能吸引所有目光，告訴他們：我們在這裡，給我們熱烈掌聲吧！在每個無聲勝有聲的夜晚，我們會擁有成千上萬熱情的群眾，在新蓋的競技劇場裡連夜不歇精采地演出，相信只要我們孜矻真誠，不放棄將意念傳達給這個城市，用獨具的才情與想像，它會釋出原本蘊有的豐厚美學力量回應的。

一顆柑橘，突然從車籃滾落了出去，停在號誌路口，像顆種籽。似在觀看，又似思索，我也定睛看著，然後一起往盆地夢的更深處滑去……

後流

南方澳的雨靜靜落著

南方澳的雨靜靜落著

一

年邁的母親起床了。

他聽到她咳嗽的聲音，她咳聲總比她提早醒來，然後會聽到她抵著木板起身的響聲，趿著鞋，剳剳，剳，和著窗外安靜的雨聲。當其它的世界正慢慢升起煦日時，她踩著的這塊土地，總是溼淋淋的。冬日清晨，寒風刺骨，今天的雨和昨天的雨一樣，同樣落在這單薄鐵皮加蓋的屋脊上。陽光彷彿是需要奢求的。再過一會兒，他會聽到有機械碰撞的聲音，翻開被子，——他比她先探出頭去。現在，他就站在這塊鐵皮加蓋的屋簷下，靜靜看著那寂靜的雨，輕輕地打在那一台斜倚在雨中的腳踏車上。它等會將跟著她的主人，去那人聲鼎沸的市場，經過一個又一個彎道。

她撐開的那把黑色小傘，覆住略胖的身子，卻仍擋不住那不斷攏聚在傘上的雨滴。一如往昔，她一樣穿著那件外出擋風的灰呢大衣，有好多年時間，他幾乎以為她是從舊照片或時光的走廊走出來，甚至是雷神震成的一塊石塊，在兒子回來時刻，又甦醒了過來。手上拎著的舊小皮包，幾乎是祖母級的款式了，她也不想更換。傾斜的傘，擋住了雨來的方向，她佝僂著身子，逆著行走，步履安靜，水珠竄走成河，時間也彷彿跌了進去般，無聲無息。

斜倚於牆上漆色斑駁的機器，拉著她往固定的方向行去。十多年了，日復日，繞著她的生活，還有人生行轉。邁入七旬關卡的她，撐開傘的速度比花開還慢，在東北部終年漫漶的雨中。陽光比她煮的麵條還少，頂多大過幾根芹菜的份量。她快生他的時候，便搬來這裡了，掐指算算，已快四十年了。四十年都未曾離開一個地方（據說秋冬之日冷鋒來臨時，一季竟有一百多天在下雨）！胸肺嘆口氣——卻無法喘息，「沉浸陰溼四十來年，究竟可以瀝出多少水份來？」他想。

「阿火嬸，您早」母親若在早市，看到認識的人一定會親切地向們問好，因為他們已經認識超過半世紀了。「早啊，恁後生也來啊，這呢大漢啊！」當時，他定會靦覥地笑著，然後低下頭去，看著菜籃裡剛買來的菜。有股新鮮的感覺竄上腦門，就好像他給其他耆者的印象，新奇地打量著。

「頭家，這魚仔甘有青？」母親按著白花油亮的鯖魚問著，不時去扳開魚的腮、鱗，看其是否新鮮。每次回來，他總要陪她去市場走走，她會煮些他喜歡吃的菜，母子二人一起下廚，靜靜吃著，米粒的味道慢慢在口中化開，永遠記得這是久逢的味道，一如他們見面的次數，不曉得為什麼，讓他們更珍惜飯桌上的時光。

他看著身旁的母親，口氣帶點喘，以前從未有如此景象，是否撿選過太多魚菜的原因，他也蹲下來，手一伸，竟然伸過她的視線……再回來時，發現自己憑添了許多細紋，一如眼前的魚。

二

他在這裡度過許多冬季，這裡經常下雨，印象中空氣總是透著潮溼略帶發霉的氣味。他喜歡這個地方，又討厭這個地方。每次回來，總是又開始想著另一個啟程。但這些對母親來說，恍若花草必需的養份一樣平常，重要。他離開她要他待著的故里：多雨，灰塵，沒有陽光。只有假日的觀光客，喧鬧聲，還有清道夫清也清不完的垃圾，讓人知道這個小港還活著。終又歸回死寂——市聲和陽光俱收入雨滴的袈裟裡，直到閃電到來才會再次打開。

雨絲從天際的縫隙中安靜落下，仔細諦聽，就像聽取樹葉間的蟬鳴，陽光輕吻蟬身上的薄翼，又悄悄點灑金粉，安撫每隻披著金葉之蟬的情緒。雨是另一種陽光。坐在母親常坐的，那凹陷的坐墊裡（留有淡淡的溫度），在迷濛的天地間，格外讓人感到溫暖，經常他總要坐上去點支煙抽的……。思尋，沉默，煙霧裡沉默地思尋。

雨中他見過他自己的。那真是他！——沒有帶傘具，一身溼淋淋，像要去某個地方，儘管是側臉，但他清楚知道他是誰，枝椏上知更鳥整理毛翼，叫聲斷續，清亮。牠說——讓它決定了你的一生，讓雨水磨浸你庸碌的一生，像我們帶著陰濛的天空在走。他實在害怕與他擦肩，但另一個他卻著迷他。當他每次經過他身旁時，他眼睛裡霜，怕一不小心被探知到般，瞬間就消融。但他知道，那是知更鳥欲透露的祕密。有時，他多麼希望自己是一隻火龍，御雨穿行，可以飛過炮竹油漬，鼓鐃盤據、蠅蚋飛旋的海港——

父親的「龍船」恍若駛近了他眼前！他想起此次回來的目的。每年這時候總有滿滿的飛虎及鬼頭刀，大型圍網讓所有魚類無法脫逃，足以填補那頭成天好動的小獅子。他輕輕扭轉起獅頭在這小室，淡淡香煙在身邊環繞。本不應該再記起這些的！他還是忍峻不住。獅頭的漆色現已斑剝，多久沒幫它上色了，一隻壞掉的眼珠尷尬地卡在眼眶中間，胸前的鈴鐺叮咚輕搖……

三

咚咚鏘！咚咚鏘！他高高地舉起獅頭，烈陽下，獅子笑靨燦爛，萬眾信徒圍繞著他，手上一把把檀香，濃霧中，他彷彿置身於雲仙縹緲中。

「這個少年仔，真（Jim`）厲害！」有位阿伯豎起大姆指，帶著濃重的鄉音。

「是啊，這個獅頭尚謀要十外公斤。」

他知道是這隻獅子的緣故，才有這些目光及喝采，這十幾公斤的獅頭，當初也是讓他吃盡苦頭，喘不過來，那時還是小平頭的他，搭在父親的腳後，和同年紀的小孩一樣，一點也不想駕馭這頭獅子。但獅子並未逃走，在他幼年的生活停竚了下來，讓他進去裝扮，和牠共舞，在這外表光彩，波濤翻騰，實則凋零的港口小鎮。青春期後期他離鄉後，只有逢重要節日才回來，接受廟方的邀請扮演舞獅酬獻神明，那時父親的身子已經十分不好，卻仍舊把對神明虔敬的愛，化作行動來實行。老邁的身子，對比這隻精力旺盛的獅、四處跑動的獅，還有絡繹不絕的香客、快速繁華的小鎮……，讓他小小腦袋瓜霎時分不清到底何處是舞臺，即便已經對舞馭這頭獅子相當駕輕就熟。

後來，父親就被這頭獅子抓向遠方，黑縷縷的漁網及白茫茫的煙霧世界，更像是潛入海底的蛟龍，為了捕撈更多魚群餵飽一家嗷嗷待哺的嘴，而翻湧而雲湧，到更遠的遠方與魚王搏鬥。父親是龍，他是獅；事實上，他才是龍，他是龍年裡最漫長的等待中墜地的小男娃。幼年體弱多病的身子，又差點化為一條病蛇，被閻王撿去。透過前方的洞口，父親的身影不曉去了哪？他使命找尋……。聖母誕辰的日子，萬頭鑽動，他終又看到閒暇時著寬鬆大褲及白色漁衣的父親，頭頂戴著不知哪位候選人（經常都有的）發放的紅色鴨舌帽，和朋友站在遠方咧嘴比劃著、笑著，彷彿在談論什麼。他感到異常神氣，繼續舞得更起勁，哪怕這獅頭已把他逼出一身汗。彷彿想對父親做點什麼說些什麼——又想對他下競技戰書，對一個多年的海上驍雄，他自認也不是乳臭未乾！然而更多時候是沉默的，如同彩膠獅無法開口，無聲中，只有藉轟轟炮聲以及邁力舞姿來傳達——

踩著鼓點，聽著鈸鐃聲，他踏在爆竹、紙灰鋪成的地毯上，於訓練的節奏下跳著，滑著，扭動著，此起彼落的叫喝聲，沒人會畏懼他是一頭獅子，連大人都會湊過來摸摸牠。他從未在父親面前罩上獅臉，只要舞獅，他就當自己是一隻萬獸之王，它是連在自己身上的血肉，像鼓器上的皮。有時在眾人鼓譟下，他故意停在父親身旁，晃著忞生彩髮的腦袋若有遲疑，然後眨眨玻璃眼珠——躍至父親身邊仰俯磨蹭，逗得大家呵笑不得。不過，那天開始，他真的在這洞口遺失父親身影了，牠眼皮跳著恍若徵兆，聽說他被大海龍王抓去了，來不及搭救；更耳聞他跟他的船員們坐著興吉發號「龍船」，越過雷神的邊界，掉進黑夜的漩渦裡沒再回來！

四

更多時候是他在流動的窗口看到母親。他們在十字路口相遇，細雨於他們前方落著，他們一同在等紅綠燈。兒子將直行，而她會轉個彎。站在號誌的角落裡，母親身子微傾，以支撐著身旁那腳踏車的重量，雨絲蓋住她打理好卻又模糊的五官。雙手緊按把手，皮包就擱在菜籃裡，靜靜等待命運的紅燈閃逝……

她是這樣的，抓住了想抓緊的東西，便奮力抓住，儘管力量是那麼微弱。她前去的方向，和他的方向畢竟不同。母親的天賦，是辨別城市和鄉下的優劣，還有由雨水、潮溼所帶來的敏銳嗅覺。昨晚，雨輕輕地打在毛玻璃上，無聲，如雪，也刻劃在心版上，隔著木板，他們知道彼此都還沒入眠。雨滴成了一種新的語言，他們得重新學習及適應。

「你怎放您母親一個人在那？」面對別人的詢問，他無言以對，他覺得自己是一頭沉默的獅，已不能再舞動，紅漆的大嘴逐漸斑剝了，玻璃眼珠子也塌下。……種種聲音像洪水猛獸從四面八方竄進，又似從黑夜某方向射進又不斷衝撞的子彈。……漸漸地，他變得不愛去市場。

他想起，母親跟父親的關係就像水裡的漬垢，難以相融。父親冒雨從家門出去，已不只一次了，每次睡前她總再次叮嚀大門不要上鎖。然而父親去世後，她變得異常安靜，今年的聖母節，聽說縣府要盛大舉辦，結合國際觀光，想把一些舞龍舞獅的好手都找回來，辦個令人熱鬧難忘的嘉年華會。在電話裡，母親顯得非常急切，要他一定得早點回來，「大家都在一個月前就準備了！」但他其實已經不再熱衷這些節慶活動，所謂大家不過他和她，村裡的新人他也大多不認識了。他仍答應回來看看，因為父親也是在聖母節後幾天走的。

那時，大夥推著棺木，無法繞道，經過媽祖聖殿時，棺木突然推不動，大夥面面相覷，不曉得發生什麼事情，好像隊伍撞到了什麼東西般騷動驚慌起來。他仰頭，看到坐鎮聖殿深處的媽祖，金碧的輝簷，在驕陽下閃著銀光，讓人霎時迷離眩暈起來。曾經聚集的人群散盡，烈日轟頂；而鼓鐃聲，換來簡陋行伍，拉著又長又尖的鎖吶啼唱。只片刻，像從另個世界回來——他摸摸棺木，知道父親半生刻苦辛勞，少享受過安樂，嘴裡便喃著：「爸爸，安心去吧，我會為您再舞一場獅的！」說也奇怪，才一會兒棺木竟然又可安然推行。那天夜裡，和兄長親戚聊天，他們都說也有感應到奇妙現象，叔叔的一句話讓他終夜輾轉難眠：做為舟子守護神的媽祖，怎會棄虔誠信仰如你父親而不顧？

五

「一定有某些緣故的！」面對他的探詢，母親不斷回應的這句話，一直盤據在他腦海。彷若鳥兒無心的啁鳴，卻道出了母親的憂鬱及他慣性的失眠病症似都其來有自。她騎去的那台腳踏車就像他的獅子，跟這麼多年，是不會忍心讓她跌落下來的；他拋下獅子面皮，雙腿努力一蹬，便躍進電動的四輪車，越過供桌、神龕，到達想企及的遠方。然而一個人去那烏煙薰天的城市闖蕩，十幾年過了，把璀亮青春消融在那擁擠濃臭的天空裡：那裡沒有河港，沒有腳踏車，也沒有繁文縟節的慶典及舞獅，沒有雨甚至也不用帶傘。川流的人潮中，面無表情，人與人在快要交會時便會突然消失。他搭完地鐵後，接著搭另班地鐵，再等著搭另班反向地鐵，奔勞的指繭與骨繭在水滴中發亮……曾經他不斷低迴：空中的惡水，地底翻湧的天空，能一雙靈活的手腳做什麼？

用盡了氣力，他舞出了一身汗，靜悄然地，只有父親看到。脫起面罩，當他走到母親常坐的籐椅坐下時，突然有種異常且不對勁的感受，似一種「報酬」，又好像是閃電的祕密已經開啟，必須讀取——那種似曾相識的焦焚，如再次窺伺到命運的祕密般讓人感到詭譎與不安。桌墊下有幾張數字清晰的紙張，它們被整齊保存著，原來多年前和銀行協商好的催債單，它們竟一直都還寄來，而日益增加的符碼就像咒語一樣，把他打進更紛亂、苦惱的淵牢裡。原來母親一直是知道的，有幾張甚至已經蓋了戳記，顯示有人已將它繳清……，原來真正怕他擔心的是她，雨絲和她圓睜睜看著他並守著祕密，他不知道自己在做什麼！

一股力量瞬間從背後驅使他走下樓來，疾步，燒灼，且快速，幾可趕上母親騎車的速度。此時階梯彷彿不再存在般徒具形式，那生命的轉角只是偶像劇的情節。他面著雨昂首走出去，雨猶下著，沒有止歇的跡象——「您曾經說過我是您最驕傲、引以為豪的，驕陽下的……」他在雨中不斷想著，有那麼幾刻，面頰被豆大的水珠幾近擋住視線：「父親，我有著您的血液及遺傳，如今我想向河港宣布：我被逐出了家門，被暴雨逐出，不配再回到那個家……。」

很快他就走到河堤的護欄，港邊沒有任何人，捕魚的人都在細雨聲中進入午后短暫的夢鄉，他坐在細細護欄上，思索，躊躇，蹬躍。就像馴獸操演時的精神及優異，沒給手肘任何支撐。反身且抓住欄杆，感覺到全身的重量全部灌注在手臂上，河港沒有半點聲音，只有在大片沉默的尾端傳來一聲極遠極沉的響聲——

早春

小時候，有人常問我，為何你姓「劉」而姊姊卻姓「何」？年少的我，根本不曉得到底為什麼，也壓根兒沒興趣探究這件事。因為自我懂事以來，就知道我有一個對我非常好的「姊姊」。

姊姊大我五歲，她小六時我才小一，但她天生就有輕微口吃的病症，經常不是咬著指甲就是含著大姆指。每次，我和年齡相仿的鄰居一起玩耍時，大家總是笑我有一個這樣的姊姊。年紀小的我不懂事，有時還跟他們站在同一陣線，面對大家對她的嘲笑，無動於衷，甚至會喊她「走開啦，不要在這裡，快點回家！」記得有一回，媽媽從市場買了好多水果回來，有蓮霧、水梨、木瓜，以及一顆又大又香的愛文芒果，我明瞭母親知道我最愛吃水果，一直叮嚀我們先去洗手，但是才洗完手，就發覺我最想吃的芒果被姊姊拿走了，情急下我大哭，媽媽進來，就斥責了姊姊一番並順勢用手大力地從她臉頰劃過，一聲巨響，我發覺姊姊滾燙的熱淚已順著面龐滑下，並且說著：她只是想把水果拿去洗，削給弟弟們吃……。

從那時起，我才知道母親對姊姊的苛刻，也開始感受到姊姊對我和哥哥的愛。也就因為是長女，因而在我們開始會爬動時，就被要求得不離身地背著，稍有閃失，免不了母親的一陣毒打，有一回，我偷偷跟鄰居小孩跑去泥地玩，把新買的白色制服都攪得七顏八色，回家時已是滿身髒污，姊姊遠處路上就看到我，她輕輕地喚住我，說母親最討厭把白衣服弄成這樣，回去鐵定挨打，靈機一動要我先在一個隱密處等，她回去把另一套可替換的暗中夾帶出來，以躲過母親銳利的眼光。半夜時，我起來上廁所，聽到有細微搓揉衣服的聲音自門外傳來，未緊掩的門縫中，我看到姊姊彎著身，蹲坐在小小木櫈上，用力地刷洗我那堆髒污的衣服──

剎時，我小小的心靈，有說不出的愧疚。不過，我最難忘是那「牽羊」的事。小時候家窮，母親沒有多餘的錢給我們買彩色筆，而家裡的彩色筆早已劃不出任何色彩，只有乾鈍的筆尖和畫紙發出像刮保麗龍般淒厲的聲音。

放是，我偷偷潛入了隔壁柑仔店裡面，展開小小的「逆襲」計劃。我假裝看著東西，跟著大人腳步前進，聲東擊西，最後以為沒人注意下，順手拎進一盒全新的十二色系彩色筆進褲檔。計劃當然沒有成功，事跡敗露，壯志成仁，後果十分慘。雜貨店老伯竟揪著我的耳朵跟我回家請母親好好管教，母親拿出藤條站在我面前一一盤問，我低著小小頭顱嚇得一句話都答不上來，母親氣得二肩抖顫，拿起藤條就要往我身上抽——，此時姊姊急忙跳出來擋衛，並說是因為她國中要交美勞作業的關係，才慫恿我去做的……。

我迄今都忘不了這件事！進入青春期後半的姊姊，竟也開始叛逆起來，和人學抽煙打架及蹺課，成績一落千丈，班級老師經常打電話來家裡關切，甚至登門「拜訪」。姊姊和家裡的革命不斷，不是和母親「冷戰」，互拋手榴彈，就是和父親持槍對峙，霰彈、砲彈齊發。每個人都有自己的彈藥庫，經常導引線一被啟動（或即將啟動），便無有寧日。有時在飯廳，有時在客廳，有時在「腳飛」廳，我和哥哥就識相地躲回房間閃避「戰事」，以免被流彈無辜波及。姊姊初中畢業典禮那天，因和學校同學打架，小腿還裹著石膏躺在病院，但我卻替她開心——她終於可以翱翔在自己的世界了，這也是我一直聽到她在吶喊及嚮往的。

因為，父母親根本沒有錢讓她繼續唸高中，姊姊自認為不是讀書的料，當然聽從安排；然而從好幾次書包被父親自陽台狠狠丟下去、新發的身份證被母親像飛標一樣，射在她跪著的腳下想脫離母女關係——我知道她是很想離開這個家的！因為「同母異父」的姊姊，得不到父親的疼愛，也得不到母親的關愛。母親在年輕遇人不淑的際遇下生了她，遭到四方嘲笑，像「油瓶」一樣，談好條件，父親才允許母親嫁過門，但也造成了她對「家」缺陷的恨及想望，像張愛玲輕輕在〈私語〉一般。

她經常跟我說她就像是孤兒：「爹姥不愛」尤其對自己母親，她更有揮不去的淡淡感傷及無奈，早點離開對彼此也許是好的。姐姐離開後，按月寄錢回家幫忙分擔家計，讓我和哥哥得以在寬裕的條件下完成國高中學業。她似已不若年少時「太妹」的樣子及想法了，畢竟也大了，父母也開始對她一改先前態度，有較正面的對待及往來。我心裡總是開心：家裡成員的關係漸漸改善。高中畢業時，在台灣大學學歷已逐漸普及，姊姊為了不讓我給人看不起，毅然要母親讓我繼續升學：「錢問題我會想辦法！」我腦海中，那個蹲在門口為我刷洗髒衣的姊姊又回來了，溫暖的氣氛一點、一滴，再度盤旋腦海——

姊姊和我雖然不是同一父親所生，但她那典樸刻苦的客家子弟性格（其真實卻不知去向的父親為客籍），不僅影響著我，更啟迪了我對於世界及人倫的看法，這比在書本所學的還要豐富及精采。對我而言，姊姊是本活教材，我的世界充滿愛與關懷，卻不懂得珍惜；她的世界，父親並未給予完整的愛，而閩南血統的母親卻因為重男輕女觀念，對她的成長帶來陣痛與傷害。難得的是，她從未怨天尤天，反而更擁護我們，對長輩的漠視也保有一定回應的分寸。所謂身教言教，竟在她起落如花開謝的身上得到了體現。

父親過世前，堅持要姊姊回來見他最後一面，知道自己時日不多，他緊緊握住姊姊的手：「我不會教導孩子，對妳不夠疼愛，妳會原諒我嗎?……」我看到姊姊定住眼光，若有所思；接而，父親示意母親拿出「手尾錢」，那一綑綑大鈔綠花花的少說有二十幾萬。父親氣若游絲仍堅定吐出，說姊姊寄回來的錢，有剩的他們都有存起來，準備給她當嫁妝，那是他們二老最關心的事。背對著的母親也回過身來，鼻翼紅紅的。我看到姊姊淚眼婆娑，久久沒答上半句。但那些無聲的語言，沒有過多色彩的畫布，我讀得出來，似乎在說明：其實她早就釋懷，就讓過去隨桐花飄去吧，不用掛在心上——

明春，明春純白的桐花將再綻放，綻放整個山谷，彌補早熟凋零的遺憾！

鐘

甫帶九州團回國，才剛領完行李與貴賓們道別，立刻接到公司老闆電話要我帶明天的團去東京，雖有萬般不願，但想想為了攢多點錢，不管身心是否已疲憊不堪，其實想好好大睡一覺，好久沒舒服地躺在自己的床上了，那種感覺令我非常懷念，但這些似乎都是奢求的。

我和公司的經理討論完明天東京團的種種細節時，剛好看到大廳時鐘的時針與分針疊合停在十二點上，此時的「灰」姑娘辛德瑞拉正焦急奔找南瓜變成的馬車，只留下一隻玻璃鞋，等待深情的王子前來覓尋。我翻翻衣袋，一本加頁再加頁的護照，一只厚重的行李，就剩自己落寞的身影。拖著影子我往洗手臺的方向，把垢黑的臉刮幾道水痕，我在鏡子前面出神了許久，那光滑的平面，好像一個飛機的跑道，某一個細雨的早晨，母親孱弱的身影攏著我年少的身影，佇立在機場的廊下。一個陌生的父親，操著流利的日文與母親交談，之後我完成了生命的第一次離鄉旅程，一去就是十年，直到我完成研究所學位。

有個旅客進來了。深夜的旅客並不多，因而他推行李框擋框擋的聲響，瞬間就把我從鏡子裡面拉回來。我在鏡前和他四目相望片刻，心電感應到彼此都陷入一種深度的疲倦。現實我的，現在沒有辛德瑞拉後母的家可回，也無法住宿機場旅館，想想：離明天辦理登機手續的時間也不過幾小時，往返台北會逾二個鐘頭，於是決定在附近找個便宜的旅店歇歇，方便之餘，也省得再次舟車勞頓。攔了輛計程車，往最近的旅店開去。

從旅店窗口望出去，可以看到飛機的起降，遠遠的，一些紅的綠的亮點熹微地閃爍，像地上的星。我在窗口點了根煙，「終於回到台灣了！」我心裡歡喜著，回台灣當日本線導遊已經許多年了，這些年來也看到桃園機場從「簡陋」到「精緻」，她像宮殿一樣，不斷的翻修，終有屬於自己的面貌。它，像我另一個家，迎接我的歸返及出帆，卻無法讓我恆久停留。不知道，在她眼中的我是怎樣的人？我們的人生緊緊鏈結在一起，但是，「再過幾年機場捷運完成後，妳將會一番新氣象，而我？」……

靜靜然我睡去，醒來時我再點了根煙，吐完煙圈，我望向窗外——有個小孩，響著一串童稚的笑語，在前方一座仍亮著五彩窗櫺的教堂前，停了下來，背對著我，用手指著遠方尖尖斜斜的塔。我揉揉眼，依稀夢裡，我想起來了，那是通往童年的一扇入口，裡頭裝有彎曲的棒棒糖，旋轉木馬和跌倒時的哭啼聲。我想要望清他指的是哪一扇入口，窗櫺又有哪些顏色時，隨即是一個理平頭的少年，騎著單車噹噹從右方騎來。他單肩揹著的墨綠色書包鼓脹，頭上還戴著一頂整齊的方帽，雙手放在卡其色的褲上，神氣地往那教堂的方向駛去，然後靜靜駐足，聆聽，在敲響的鐘聲裡。我想喚住他，但他騎得速度太快了，以致於我都來不及喊出聲音。接著他打開刻滿俊秀字體的書包皮，拿出快到底線的墨水，悄悄寫了幾行青澀的詩句。之後，又輕快地踩起腳踏板，歪歪扭扭地向前方駛去。駛向了太陽的國度。

我回過神，想用力再大喊一聲，他已經轉過一個彎道消逝了。我有點悵然，將視線遺落在正前方一灘銀暗的月光裡。忽然，一個飄著長髮的女孩，從街角的地方走出來，在樓下向我燦笑著揮手。我似乎好久沒有看見她了，但她卻又那麼清晰地刻印在生命底。那是曾經和我相戀的一個日本女孩，我們都曾那麼熱誠地付出彼此的肉體，但我不敢和她對望，因為，除了那些焚燒過的信紙和誓言，我承認，我並沒有真正愛過她。

然後，是我白髮蒼蒼的生父，拄著拐杖，一步一步，步履蹣跚地向我走來。雖然吃力，但他仍堅持，用那柄把身體全部氣力傾注於其上的生命之腳，慢慢向我划了過來。他巴望的眼神帶點憤怒，似在期待一個遊子歸航，還有一個完整家的企盼。然而，我和母親對他而言，似乎都不是及格的、理想的。他被我安置在台北的一家安老院中，我工作休假無定，幾乎好多日子不曾去看他了。

他們都在迷濛的月光中出現，然後都向後退去、走去。像那迷煙。那些天真立誓的高中死黨，為夢想而戰的伙伴……走去、退去。步履蹣跚、帶著不捨，卻又不得不。正對那恍恍離去的人群中，我發現，其中有一個人頻頻回頭對了我望。在濛濛的煙霧裡，我依稀回想起他的身影，和他對我說過的話：「你是我一生最羨慕的人，也是最恨的人！」那曾是我的至友，我因一次小小的誤解，而切斷與他生命的連結。

那樣多重的幻影，為何在此時出現？我無法明白。這些影像，和我在機場看到形色色人群有何不同？我經常這樣問自己。也許人似乎本來就是孤獨的，柏拉圖兩千多年前在《饗宴》裡的寓言是真的：每一個人都是被劈開成兩半的，一個不完整個體，終其一生都在尋找另一「半」。驗證了孤獨是人類的本質。

我害怕看到父親無助的眼神，多年前選擇這份工作，就是對他的逃避，讓我可以稍稍減輕疼楚，當初他拿走姐姐的二十幾萬嫁妝說要去中國大陸做生意，其實是無心的、想要治身上的病吧，為何我現在還惦念著無法釋懷，是循著母親對他的不平，還是自己本身對他全盤的片面估算。他和母親的恩怨，雖然我這一代不是很能完全理解，但我知道母親最後選擇離開他，泰半因為他暴躁的脾氣。因著這份工作的福氣，雖然我回東京探望母親的次數變多了，可是每次見面經常待不到幾刻鐘便得返回飯店督導團員。繼父和我本來話語就不多，時間久了，全都凝結在一塊，像童話故事中上岸的美人魚再也無法開口。

清晨五點多的飛機，從旅店的上方輕輕劃過——我從那瀰漫的迷煙裡凝神過來，想想我該收拾一下行李，等會我還要帶著三十個來自台灣不同地方的人、家庭，坐著日航飛機展開歡欣的旅程。然而，今日清晨，我卻發覺自己無法停止心中的哀傷，有莫名的東西一直在胸口跳動，我走過那麼多國家，踏過那麼多機場，為何獨在台灣的機場無法停歇內心的悸動。路燈下，無力卻仍奮力盤旋飛舞的蛾啊。

天色微明的機場，像座墳場，除非走進大廳，不然那份安靜，足以讓你窒息。「各位〇〇的貴賓，請把所有行李放到我旗幟這邊！」我照例地喊著，招呼大家把行李堆放好，然後領取護照等等。大廳陸陸續續湧入出境的人潮。公司的同仁，也特地派人來送機，並發給貴賓們早餐及礦泉水，我親切地和他們留影、幫忙拍照。趁著空檔，不斷叮嚀他們該注意的細節與流程。出境前幾分鐘，我利用時間又回到了昨晚的洗手檯，看到臉上那道水痕明顯已淡化許多，對鏡端詳，我用手挽承水流用力想刮淨。……我發現這道水痕似乎是一道疤痕！「是什麼時候留下的啊？」方尋思納悶之際，突然鏡中又出現昨晚那個男子，多日未刮的鬍鬆在鏡中顯得邋遢，拖著一個行李箱，一樣疲憊的身影，但我始終看不清楚他五官……他究竟是誰？怎會這麼巧。

將臉擦乾，我又拖著自己的行李走出來，或許我是行李的「行李」吧，因為我已快疲憊地拖不動它了。對多數人來說，生命就像是一次旅行，我們將人生喻化成一趟趟旅程，利用的種種「交通工具」：如火車、巴士、船、計程車……等等，無非想早日到達目的地，有人鵬程萬里、一帆風順，卻也有人卻身陷「淺灘」、偏離航道。也許有人一輩子都不曾踏訪過「機場」這個地方，但是她卻見證了人類的生離死別，最真實的七情六慾。它將人們從一個熟悉的地方，帶向一個前所未知的領域（呃，充滿挑戰、冒險的價值及意義取向），從一小塊空間延伸到時間無垠的五指山。對我來說，機場是另一個故鄉，或者故鄉的延伸吧，當我把陌生的國土也踏成熟悉的領地時。然而，這樣的人生佈局與節奏，延伸的究竟是夢想還是失落？其實這種感受我也無以名狀。也許，鏡中的那個「他」，是奇士勞斯基在《雙面薇諾妮卡》裡，悄悄投遞給我的另一寫照吧，有一天我們會真實地疊合、相逢，沒有胸口的悸顫、痛苦。我會以旅人之姿，快樂地步出機場迷宮，走到父親面前，

讓他替我解除童話裡的魔咒，拉開臉上這道啞鏈，相挽著手，對彼此說：我
真的很想念你！

失肘港

「我為什麼要介意泰晤士河邊的人，介意那特轄之河虛偽的水波？」

——William Blake

游吧，奮力向前！

深夜的游泳池，昏暗的照燈，以及閃著點點粼粼波光的背鰭。奮力甩動尾巴，他又回到最初的地方。已經習慣在這麼深的夜裡，將身體投付冰涼的自來水，這是一個巨大的魚缸。他在黑暗與光影的地帶，海平面以下，使勁地來回穿梭。黑夜沉沉睡去，留下喘息聲給雨滴，輕輕打在河面上。他輕輕撥動著，在這水域已經繞行這麼多年，每次躍入水面，為何總有不同的心情與感受。他該向哪裡？這裡又是哪裡？他能游向哪兒？空空盪盪的房間，他重覆繞過一遍又一遍，一遍又一遍吐著沉默的泡沫。這個豢養我三十幾年的水箱，當他多年前離開時，也只不過是換了一個更大型的魚缸。

也許連水都沒換，也或許，異鄉乾燥的空氣，早已使他進化不用再以魚鰾呼吸，可以輕易將鰭轉化成飛不動的羽翼，像一隻戴著皇冠的公雞。母親已經睡了，在他右轉的第一個交叉口，房門半掩，是她漸漸老邁不復索求的記憶？還是那扇門在等待什麼？她曾經拿著菜刀，在那魚市加工廠，那麼熱切奮力地將我宰殺，刨剮，切剁，留下一灘的屍水，清水一沖便了無痕跡。有時，牠們會被高高堆滿魚體的載送卡車，震落到地面，在高溫的日曬，以及競走的遊覽車隊中，先行濾乾身上多餘的水份，再讓無盡的雨絲完全滌洗。長年住在這個多雨的小鎮，母親的呼息充滿鹹鹹血腥的海水味。他想，她久不能治癒的肺病，一定積滿了雨水，點滴敘述著她生命與牠們之間的關係。

「咳！咳！」母親忽然陣咳了起來，他凝住神情，不忍去聽。隔壁房間，是父親的臥室，現在已空空留下一張被母親打掃乾淨的床，他還在世時，呼息聲總是老遠就聽得到，尤其在夜闌人靜中更為明顯。不過，現在，隔著一塊木板，他卻渴望再聽到他的鼾聲。雖然，在無邊的大海中，父親總駛著老邁的船，拿出所有能捕獲的魚具，不斷將他驅趕、追捕，戳刺得他遍體鱗傷，如今他再回到他居住過的如船之房，雖存有些許恐懼，但無一絲怨言。他已在自己追求的藝術大海中，形塑父親，將他留在永恆的模式裡，那麼真實，又充滿想像。想像：那曾經隔著這塊快被蟲蟻蛀蝕木板的質詰，還有那對現實生計與理想願景的辯證。父親以自己那對生命的體悟，反諷他一無是處，充滿隱喻，暗示，不切實際的人生；怎麼完成家族龐大的企業，何以為自己生活找到出口與交待。有時，沉默，是他們最多的語言，在時間的河裡，他們吐著一顆又一顆泡沫，從圓潤，碩大，晶體，到幻滅，破碎與無形，那麼真實，無以碰觸，又那麼不切實際，飽滿暗示……。這些話語，似乎仍留在室裡，安靜地迴盪，他悄悄關上門，讓它們多些停駐與陪伴，留在本來的地方，不被任何事物驚擾。

繞到樓上，那曾經被居住過近二十年的房間，如今因為主人過久時間荒宕歸期，桌面留下一層厚厚的灰，木椅下方的竹條交縫間，佈滿細細的蛛網。他輕輕拍拭起桌面的灰塵及，映著燦爛笑臉的相片與玩偶，似乎有那麼一種宣示：我回來了！回來看你們了，你們都還好吧？多希望每個日子都那麼充滿陽光與笑容，沒有雨絲、蛛網。桌旁那一疊字跡潦草的稿紙，藍色的黑水都已暈開，不知誰，曾經來到這個桌前，忘了把窗戶關上。他拿起紙頁，輕輕唸著，年少的時光記憶，像水流一樣全都回到身邊，那個瘦小困頓的身影，似乎仍伏在案上，想在這個美學的世界，找到人生的依據……他完成了嗎？窗外的雨絲不停落著，是一種傾訴，還是憤慨？

多年前，他離開了這個潮溼多雨的城，像一尾魚，游出了漆黑的大海，在那個流向，不顧老父日夜對那咳嗽糖漿的希冀，母親疼著身子的殷切期盼，追逐那如浪花的人生，不向人生明示的想像世界。逃出一格一格如魚簍的網，卻掉入更綿密細緻的網裡。這個塊土地，無法給他想奮鬥的廉價雙手提供什麼，父親母親追捕著他，整個家族追捕著，全因為那個困苦顛躓的人生，他們所居是一個水的世界，河自天上來，自地底沁冷之泉來，也自那灰灰的遠方海潮來。一張張觀光饕客的嘴也追捕著他，用貪焚的脾胃、冰冷的鈔票，留下滿滿不全的的魚骨、臟器，保麗龍與彈珠汽水罐，淤堵在小鎮惟一能製造希望的夢出口——金媽祖神殿。小鎮百姓，以祂為守護的女神，膜拜熱度一年比一年虔誠，船獲卻一年比一年減少，陌生的臉孔、不同膚色的眼睛一天比一天不斷增多。到最後，老父逼得要使出更多力氣，才能追趕到魚群，將印有「滿載而歸」的空空船艙填滿。不過，到頭來，老化的身體，終也抵不住比網更細密的海水，它們進入他的船艙，填滿所有空隙，也填滿他的肺器、生命的補痕。肝承襲岩石的基因，漸漸纖維化、硬化，腹部積進了長年奔走的海水，腎，也因過重的鹽漬，外表化成結冰的霜狀。這是魚群給他的回覆與報答嗎？那一夜夜沉默的爭辯，為何就這麼簡單浮現了解答。

他看到了桌上罩著的膠膜底下，有張類似廟宇卜祈的紅色籤言，他猛然翻開多年前一封信，若有所思——一陣風忽從窗子吹了進來，將它打落在地上！儘管，外地來的香客仍絡繹不絕，但他知道惟有他能讀懂媽祖的暗示與諭言。在將父親的身體埋回大海的櫝匣後，他想留下來，又止不住驅走的腳步。他請示媽祖，卜卦他接下來的命運，若他該走，他絕不戀棧。媽祖只是慈眉下望，沒有給他任何承諾與話語。他走向港邊，那裡有一個銅像，是當地為紀念義士救人殉亡所鑄的永恆模型，供鄉人與往來行旅景仰。那晚，祂化成魚神的形象，告訴他，祂願意讓他離開小鎮，且原諒他種種過錯，惟一前提，不管以後在外地，有否在藝術的世界找到自我，填滿生命紙頁、完成文學事業，都一定得用「隱喻」、「暗示」，不能直接陳述。陳述曾經於此地的種種見聞與感想，會冒犯所訂定之神聖法條；若不能遵守彼此契定，他將再度化為魚形，為千萬事物所追逐，難有停止的一日。他答應遵行，只要能離開這個地方，只要能化為人形，簡單的李箱裡，疊滿厚厚稿紙後，他便匆匆駛船向北方航去。

起初幾年，他善用譬喻與象徵，都十分得心應手，也習慣以它們作為抒發的技法與圭臬，不過，漸漸，他發覺，它們不能解決異地龐大實際的開銷，即使省吃儉用，仍舊入不敷出，每天沉浮於「暗示」與「隱喻」的稿堆中，與其為伍，使他吃不消，吃住一天比一天窮困，生活潦倒，有時甚至還要勞煩在故鄉眼神日益呆滯、靠殺魚為零工的母親，把錢匯到他所住的那一個連肘臂都無的港口。租房子租不太起，索性住進便宜的旅店，在一堆髒亂的衣物與收訊雜斷、隔音差劣間趕稿，沒有空調與門簾，只有他浹背的汗水與身影。就在，那一夜，他發覺妻子來到那扇門外守候與觀看，他感覺得到，雖然心生些許害怕，但沒有驚動彼此，他讓妻子安靜地在他身邊審視、圍繞，然後不斷提筆振書，假裝什麼也不知道，心中帶點喜悅。好不容易，把最後一章寫完，明天拿去出版社付梓後，幾月後，應該有一點收入，足以撐過往後一些日子的開支。他臉上泛起多日未展的笑意。

就在心滿意足摺好稿頁，熄好燈，躺在床上入眠時，他忽然聽到，三更半夜的旅店走廊，有啜泣的聲音。那聲音似曾相識，又不知在哪聽過，引起他強烈思鄉病又犯，他睜著圓大的眼看著天花板，儘量不去想任何事物，睡意卻遲遲不肯降臨，等到不得不仔細去聽時，方辨識出了那聲音的方位與身份。他啜泣了起來，再也忍受不了這種苦痛。打開燈，在皮夾裡翻出家人的合照，將心情沒有任何修辭全化成文字寫了下來。他十分想念父親，請求他的諒解，多希望他能再回到身邊，多希望日子停留在童年的時光，那時，任何一條便捷的路也沒開通，什麼也還沒國際化，他跟父親安靜地走在街道。父親厚實的手掌輕輕挽著他的，把雜亂堆滿魚具的午后騎樓踏得剳剳作響，或者下著微雨的傍晚，當飄滿船油的漁船在港面上，隨著父親午睡的鼾息微微起伏時，將手伸走那掛在船艙的褲管，偷拿幾個銅板去柑仔店買冰棒，那還停佇在銅錢上面的魚腥味與油漆點，現在聞起來，可一點也不覺腥臭。可是，現在，怎變這樣，怎會這樣？他想不透，把花了好多時日完成的稿件撕毀後，投入熊熊火堆中，再丟向黑夜、神祕貪饜的窗口……

將口袋中的銅板與紙鈔全倒出來，打電話給櫃台小姐，要她找一個年輕的，打開電視裡男女交歡的畫面，將音量開到最大——那一夜，他知道他的肺應瞬間化成魚鰾，巨大的鋼筋，繼續横亙在他與無形的父親之間，他知道他不再用肺呼吸。這些鋼筋，從這破落的家世與旅店，一直延伸到整個家族、更大的苦難社會；原來，彼此都緊緊連結在一起，透過這片海潮，與海上的沫垢。而他在其中，像隻小丑魚嘉年華般，摟抱自己黑白身影與七彩衣裳，悲傷，且愉悅地踊舞著。翌日，他便發覺，他的腿在白日總會不聽使喚地萎縮屈疲下去，遍訪名醫皆不知其灶，惟有深夜，在這個泳池，才舒展開來——

他在許多夜裡，游回到故鄉的港邊，那個港口的臂膀，如今已被規劃為跨海的大橋、水上遊憩場，曾經殘缺斷落的，都被海平面新升起的岩塊所暫時覆住。只有他知道，它把斷離的手肘埋藏在哪裡，惟有在深夜裡，所有人潮遠離時，它才於月光下，在裸露的石堆，輕輕舔噬著傷口。他也游回到了媽祖廟前，靜靜燃起一柱香，看著紅點，在時間的撥弄下，不斷往下墜沉，祂的笑容依舊，慈祥依舊，信徒也依舊，只是身上多了更多珠光寶氣的掛飾。再繞到那個曾經被海港奪赴生命的魚神那兒，請祂法外開恩，原諒自己的魯莽，實非所願，以後不會再犯同樣過錯云云。多年來，一直沒得到祂的允示，於是他在水中的時光一日比一日頻繁，惟有如此，腿才不致因不良於行而產生苦痛之感。不過，也因此，他在水底，發現了，那年少曾經遺失的鎖匙，帶著它們自在徜遊，穿越時空，打開母親、妻子的房間，進入父親的船屋，推敲塵封已久的硯盒、記憶的信箋，不再憂愁，沒有憤恨……

多年來，每在流動的旅店中看妳，都有一種奇特朦朧的神祕美感！妳是我生命一個重要的港口、停泊站，儘管後來許多日子我到了一個完全沒港口的地方，沒有妳自然的山林海水給我能量，也沒有妳嚅嚅地以海聲向我傾訴，只有人世更多的戰爭，與虛假的交臂，只能在書本中，重溫、閱讀加深妳種種的形象與訊息，回顧種種自我漂泊的喜樂與感傷。南方澳的漁港啊，為何現今都只剩半截手臂，一堆被扯亂的袖衣。父親因長年於海上奔顧，早在許多年前因疲累死於肝病，而結縭多年的愛妻，也因病苦麻瘋纏身，把房子交給火後，便躍身投入妳的咽管，現在的我，隔著落地窗在這異鄉的旅店再次與妳貼靠，使我倍感淒涼。妳輕輕拍打岸邊的聲音，是否在嘆息，可是一轉眼也已幾百年過去了，為何妳嘆息聲猶在？明月輕輕露面，照著粒粒赤裸裸層次分明的石礫，這個世界是不是真如馬修．阿諾德所思，信仰喪失價值闕如的時代。蚊香已經燒燼，像一隻形隻影單的眼相伴，留下一圈圈想望與思路的痕跡。星漸淡去，隔房交耳聲以及頻道電波滋滋的細響，終也平息，妳，為何還不伸臂將我輕輕環抱？……穿過黑夜層層的波濤，穿過記憶，連接到父親的港口；穿過童年的苦力的手，曾有過的純情的夢與遺忘，到達親人的墳前——細問這片海浪，是否能連結死者與生者的訊息，追者與逝去的時光，讓落入水裡的點點雨滴，隨著海潮聲，流向不會消逝的遠方？

再度躍入水面，划動水波時，發現足端已全佈滿了金光閃閃細密的鱗片，他拾起那把藏寄在入口處的銀色鑰匙，往水底深處游去。游去，水草傾身愉悅地搖擺，雪白紙頁化成點點螢光自身邊飄流來去，港灣亦從地底的泥堆裡伸出雪柔手臂，將他輕輕托住與攏附；游去，到達母親的夢境，點亮她那日益憔悴、沉默的雙眼，帶她往更深邃美麗的流域——

魚眼家族

轉眼間，我的故鄉，都成了觀光的聖地，小時常騎腳踏車去遊玩的武荖坑溪流，現在完全規劃成綠色博覽會的場地，指引帶著大把鈔票的旅人，恣意消費享受，在還未進入馬路彎道時，便被攔下來要收費才能進去。豆腐岬，如今充滿了攤販與海產店，垃圾與哄抬的價位，情侶們偷偷摸摸躲在暗叢，海面是一望無際的灰暗。在第三漁市場中，我常見到魚群睜著沒有眼窩的大眼，向我凝視，猶喘著沉重潤紅的腮線。有時，我走在面太平洋的海濱上常想著，這個漁港為何變得如此珠光寶氣，戴滿魚鱗改造的首飾，卻一點也不能禦寒，在這較少人知道，還保有思緒一絲澄明的地方，我感到有點寒冷。她以前那未施胭粉的模樣到哪兒去了？我為什麼無法接受這些轉變？

每年初春時節，當地鯖魚的產收時節，大量的觀光客會湧進這個小鎮。小鎮原個地方，你都可看到蒸騰的白霧，大批大批鯖魚被捕上岸，當場宰殺、解剖，放進鼎爐中，成群的人或站或坐，或喊或喝，全圍在週旁，品嚐鮮魚的美味。這小城，只要你細細打開嗅覺，你便可發覺一種十分難聞的腥臭味，隨著海風陣陣襲來，於光陰日積月累中曝曬，沉澱，與揮發。常常在馬路上，你會看到一隻隻鯖魚，被超噸位的卡車載著，因為執念堆得空間太高，車子一滑過顛簸路面時，便讓牠們還猶有喘息的身軀，從上方擠落下來。掉在整個小鎮淤滿保麗龍、彈珠汽水罐，與臟器的夢的出口；魚貨司機是不會察覺這細微的重量的，他只是一逕往他困頓、苦力、夢想的方向前進，我沿路拾著，輕易就有滿滿一整袋。有時，太晚發現，牠們早開膛破破，腦漿四溢，再經過小鎮獨特的海風高溫漬曬，像一個鮮血模糊的模子，點點綴印在燙人的柏油馬路間……

我撿起牠們，看到牠們血水污濁的眼窩，映入我臉孔時，心底突然感到一陣莫名酥麻，也許牠們並不是鯖魚！牠們接下來的命運，我是知道的；應是去龍德工業區，再則是馬賽魚市加工廠，不然就是，那位於往宜蘭與台北的台九線濱海公路上，國際馳名的「老船長」魚品廠，要製作成一罐罐添加大量調味料，蕃茄醬，以及防腐劑的魚罐頭。那是我已經完成的儀式，或早被諭示的命運。離開故鄉好多年了，雖然夢裡總縈繞著故鄉魚港的身影，但每當我一醒來，揮不去的，總是那雙充滿血水的眼睛。她那純樸的身影，偶爾在夢境裡實現，卻讓我不再想回到那個地方。每次回家看完父母親後，總想快快離開。近幾年來，重回到這塊土地，我甚至覺得連舊時的夢也尋不著了！飛虎魚丸號，海鮮店，藝品街，一家一家如卵石似旗幟般迅速隱現，佈滿整個小城的街道，啖魚的人潮比以前更加洶湧。他們帶動了小城的匯率，將小鎮人們的命運放在轉盤上展示、賭注，新鮮的蒼蠅停在眼窩上，爬進爬出，魚鱗不再有任何保護與抵防作用，反倒鑲入了我肉，我的靈，復於表皮上長出一顆顆肉疣。

我想起，早年父親靠海維生，後來因肝癌死於疲累的海上後，那坐在卡車後，一排排磨刀霍霍的殺魚女工中，有一個漸漸老邁遲鈍的身影，便是我的母親。我和母親靜默的關係，一如魚群和父親的關係。他們互相追逐，詰辯，為生計，為人生。我為追求自己的藝術美學人生，不願居住在充滿困苦，奮鬥也無以為繼的小鎮，它是那麼寫實、殘暴，又是那麼冷清、孤寂。但父親的疼苦，我竟連一罐咳嗽糖漿，也無以供應得起，竟能自想像的魚鉤中回神，聽不見任何悲苦的呻啼。長年追捕魚群的父親，生命怎也如魚鰾，氣力嘶微地浮沉於疼苦的大海，這是因為他藐視藝術的代價，還是魚群的訕笑？那我，又自深邃的大海裡，獲取到了什麼，破敗家世，還是潦倒的未來？

自十八歲離開南方澳後，算算已好些年了，父親在我二十八時一病不起，他肝昏迷的雙眼，怎如我在那市集外看到的魚眼，一模一樣？而我在異鄉沉默的浴鏡前安靜打著領結，看到自己已如魚退化的身軀及瞳孔時，為何還要用魚繩，綁住自己作為堅定的航線？母親把多年前與父親的沉默，重新堆放在我們之間，老邁的身子，炯亮的雙眼，因父親的過世已顯得有些失神，憔悴。似在問為我：為何要把我孤苦地留在這裡，一逕駛向深不可見的想像大海？為什麼，為何麼，其實我也不知道，隔著橫亙在兩人之間高高的作業紙箱，其實，什麼也不清楚。也許現在的關係，我較像那尾逃潛的魚吧，烙印的註記與商標，被生命追捕著，努力投入誘餌將其捕獲，回到真實的岸上吧，抑或甩開戳刺滿身皮開肉綻的鉤，繼續於想像的界域奮力、不顧地奔馳……

有時，我也會問問這裡最負盛名的媽祖，卜卦單寒出走的年輕肉身，祂卻總更發為沉默，抿著唇微微笑著。廟前的觀光客、車陣、裊裊的香火，幾乎快將祂視線淹沒，祂仍靜靜俯看著眾生來去，未發一語。魚群被拋丟的臟器，如玄武大帝的故事般，全都回到祂的身邊，得到祂的撫慰與照護。牠們將一生奉獻給這小城，填滿小鎮人們酸苦的脾胃，最後都在祂懷裡，得到報償與念力，愉悅地再回到沒有死亡的永恆穹宇——

那個灣口，蘇澳港埠，為因應需求，已增擴三次，如今大大的三個霓虹管字，矗立在進出小鎮的出入口，成為新地標；新成立的辦公大樓，氣派雄糾，亦在斜陽中閃爍著金碧光芒。幫浦力道萬均，抽起港裡的灰水，完完全全取代了魚鰾的呼息。母親過世後那年，我把房子賣了，搬到一個沒有港口的小鎮，不再有缺殘的手臂將我擁抱，只充滿著令我疑惑、浮動的肩膀與手腕。今夜微雨風寒，在異鄉的窗口呼呼地叩敲著，讓我再次想起那天，於烈日下推著棺木前進，迤邐經過那廟前時，抬頭所照見的摯情微笑，彷彿在告訴我：不要再回來了，小鯖魚，你已完成你人生的使命，我已原諒你了，向前行去吧……

暗流下的臉

色

清明節前一晚，我再次回到故鄉。已經習慣坐夜車的我，即使深夜沒有父親接載，還是選擇走這一段長路。夜色詭靜，宛如空城，行在細雨中的港街，稀疏的車輪和溼漉的路面濺出嘶嘶的聲響，有種空幻迷濛的感覺。即將出航的船隻徹夜未眠，夜雨拍打臉龐的力道似乎沒有改變，而港邊響起陣陣船笛聲卻異常急促、沉重，我別過頭去，剛好與睜亮大眼的燈火照面——四目皆已闌珊，「港灣啊，這些年來是妳——還是我改變較多？」

我走到一個即將廢棄的冷泉池。聽說這個地方前幾年差點就被颱風吹垮，縣府評估後，原本要拆掉另作他途重建，但在當地居民及文史工作者強烈的抗議下，縣府從善如流，才得以保存。畢竟這裡是他們從小生長的地方，已經成為生活及記憶重要的一部分，怎可如此就被任意掘去？

燥熱的天，整個八月的宜蘭空氣像從蒸籠裡逸跑出來似了，身上被悶出的汗水好似針線把衣服和身軀緊緊縫合在一起。裡頭只有一盞慘白的日光燈，年久失修，已禁不住疲累而頻頻地閉起眼瞼了。蚊蚋於耳邊奏起交響樂，還有幾隻飛蛾可能是誤闖，正圍著光暈打轉——

我赤足踏進池裡。方型的水池，二二度的寒涼，瞬間竄上了腦門，脫去了外衣，當全身浸入池裡，記憶卻像霧氣般隨著視線下沉而上升起來。那時，年紀還小，父親常騎著舊式的打檔車載我來此地泡泉，這冷泉池可以去除他討海日子的辛勞及疲累，也可以訪遇舊識，已經變成他社交場所的一部分了，大夥都必須裸裎相見。每次來，總會和他認識的朋友寒暄聊上幾句，有時候是天氣，有時是漁獲，有時是——「我」。

「這你後生厚，國小幾年級了？」當他們把目光魚線像般拋向我並開始談論時，我便會像一隻鴕鳥害羞地低下頭去，瞥見到了他們多毛黝黑的身軀，正於冷泉池裡像水藻一樣飄散、搖移。他們開始挪動，以讓出空位（父親已刷洗完成準備下水），對照自己恍若小綿羊般幼嫩的體格，我便加快沖水的速度然後噗通一聲跳進水裡。彷佛這一躍，便可踢去青春期帶來的尷尬局面，讓歲月沖刷更多餘綽的面積，以使自己大步向前……那些濺起的水花和他們的盈盈笑聲，似仍迴盪在池室裡——

受

我是走向前了，卻和父親漸行漸遠，駛出那道航線。我追逐著自己的夢想，翱翔天際，這個雲天的人生譬喻，恰巧和他擱淺的船隻及老去的身影形成對比。他為生活冒險奮鬥，為了妻兒工作日以繼夜；我為了擺脫虛假的現實，縱情寄託於藝術的想像世界。那個不斷被消費的港口，充滿珠光寶氣，讓我感到痛苦。魚鱗變成販賣的藝品，不再禦寒；神像乃以金箔來論價值，照地位排列；而香火的鼎盛，只取抉於有沒有完成俗世的願望。在這個雨鄉唸了幾年書，當我知道它無法提供我這雙長滿繭的手，在黑夜掌舵時，我便決定離開。我想以富足想像當餌，垂釣自己的人生。我要用自己雙腳走出旅程，不是父親那種方式的漂流。父親對我的不諒解漸漸轉為憤怒，乃至無法釋懷。時常我望著城市的天際線出神：覺得自己其實就是被餌引誘上鉤的魚，不斷想逃離父親鋪下的天羅地網。潮起潮落，幾番波折，我和父親之間的話語越來越少，年節返鄉，我們不再同室而眠，隔著一塊老得快腐朽的木板，只聽到得到彼此的呼息，我們知道彼此還未眠，都在等待黎明的曙色衝破天際。——

我的生命漸漸和父親形成一道防線，心之所，築起穩固的防波堤，他屬於海的那一邊，而我在陸上。然而，業力就像鐘擺一樣，有一邊的力量推起，便將再盪落。父親身子開始轉壞，從肝病到肝硬化，才不消幾年時間，他無法再出海捕魚，船隻也賣了，河港開始出現許多操不同口音的人，大海把各種膚色種族的人也沖到個港口。為了生計，母親自家庭出走，四處到鎮上魚廠殺魚當臨時工，一隻隻魚，從她銳利的刀下，三二下便腸肉分離，然後餵哺不斷湧入小鎮的觀光客之口。

想

我腦海裡浮起了父親靜靜舀起水、往身上淋去的畫面。我和他是二隻浸在水裡的龜，泉水的泡沫自地底竄升，流遍身上每個部位，這是我們靜謐感受清冽的時刻。

小鎮居民來這泡湯是免費的，外地人則要付一些費用；出入口的收費員很容易辨別出你需不需要付費，他憑嗅對方身上的氣息來決定。在似外地腔調交談聲中，我探起頭來，看到幾個膚色白皙的少年，許是外地來此度假戲水，對泉水與浸泡禮節陌生，在池畔研究許久。他們身體柔白而無線條，不若小鎮漁民的身軀，因長期在日頭下曬，幾乎像木炭一樣乾黑。有些許是忘了手臂也是身體的一部分，勞作之餘，忘記做防護，導致身體是黑的，手臂卻像二隻筊白筍；有些背脊還罩著清晰背心的痕跡，好像衣服已織進了肉身裡，任憑風吹雨淋，對所謂美感無謂於心，或許吧，了然於心。

父親和在池子裡的人，總不忘提點他們幾句。父親的「泉友」都是一些上了年紀的，平常除了喜歡調侃憨厚的父親外，如果我跟父親去泡泉，定會捉弄我，把對象轉移到我身上。他們會鼓譟我和父親一起玩「藏水密」，大夥一起把頭埋進水裡，看誰最先起來就是輸家。當我還是毛頭小子時，從不把輸贏看做一回事；可是，我覺得自己已經十五歲了，不能再輸任何人——包括自己的父親。一，二，三，四，……時間一分一秒過去，我感覺到旁人都已憋不住氣而浮出水面，但我一定要撐下去，父親一定還沒抬起頭，我要有滿滿的氣，往下沉——再往下沉，我在水底張開了眼睛——，發現父親的臉早就遠離水面。「很（Jim`）鰲，你很（Jim`）鰲！」我從水底起來，看到大家對我豎起大姆指，遠方的父親卻有一種我從未見過的笑容與神氣，但他故作態勢不想讓我看到。

　　步入後青春期的我，開始喜歡東張西望，看歲月如何在小鎮人民身上作畫，一種特別情境下的裸體展演。時光之筆，打了相當孱弱的身形給他們，像乾皺的橘子皮，卻有一個風灌般的大肚子，為了容易填進食物，再快速而奮力上工。我觀察到：身體披上在地陽光特有的色澤後，遇到水就散發出一種幾近鏽蝕的酸臭味，在水波湧動，與上頭菸味交滲出一股類福馬林氣味：停滯與死亡的氣息——我本能地躲開這氣味，往上游去，等水質散清才回來。回頭看父親，他通常還在閉目養神，因為享受短暫片刻舒坦後，他必需再披起外頭炙烈太陽的鍍燙，化入時光筆下臨摹的畫作裡——

浮在水面，我從這群人的對話及腔話，得知他們來自哪兒，對生活與工作的怨懟、對家庭與「老」的看法。當他們上岸，會極力搓揉自己身軀，像似已經厭惡這副臭皮囊，要這麼如碗碟刮刷才能清洗乾淨。搓洗下來的污穢會被水流輕輕帶走，有時沫泡不經意飛落池裡，泉水的氣泡會瞬間將其包覆，帶走，慢慢沉落到底部。泉水滌淨速度和他們身上的污垢有一種輔助效果，但毛髮堵住排水口時，就散失作用，並和揮不去的尿騷（有不重衛生的老伯會在池外尿尿）不斷迴轉成更大的惡臭，致使空氣中經常飄著一股怪味兒。我張開雙臂往前划去，本能地避開那令人作嘔的氣味。

行

再度回頭，發現父親已不在泉池裡了。環顧池室四周，不見他的身影，我擦乾身子穿衣，趕忙去尋找！聽母親說，父親的病更重了，腦子也逐漸不靈光，「什麼帕金氏症的」母親和我一樣，總記不住那個病症的完整唸法，但我們都明瞭那個是頗令人頭疼的病。負笈到台北唸書時，我整整有好幾年沒有陪他來到這個地方泡泉。也許分辨出了味道及好惡後，我便討厭了這令人窒息的福馬林氣味，但父親仍浸泡在裡頭，似密封的玻璃瓶中老天的實驗品。他不斷染黑的髮早已藏不住白髮恣長的速度，背桿駝了下去，……連接了我躍入水池中身體所拋舞出的弧線。我和母親半夜守著電話，等待父親突然又想起家，再度歸來。

在異鄉，我經常重複這樣的夢境：父親面容枯黃地浸在水裡，頭向上仰著，昏黯的燈光下，我分辨不出那表情究竟是愉悅還是痛苦……。當我潛入水底想靠近時，一睜開眼，突然發現有一具浮腫的屍體往身邊靠撞過來，——我驚醒！頰上不斷冒著冷汗，再次闔眼時，於半夢半醒之間，我又看見那張腫脹可怖的臉——

自那時起，父親就經常一身溼淋淋地站在我的門口，滴著水，彷彿在等待著什麼。父親得到了大海給予最寶貴的精神與資產，即使身體常因吃藥濾烈疼痛，他仍堅持出海，證明他老當益壯。這也是他能找到的最完整的「自己」，不用別人幫他找尋。那年除夕前一天，雨好像從天傾倒似的，下了一整天仍沒有停止的跡象，而我的眼皮也一直跳個不停。天空的堤防若一裂決，便如萬馬奔騰不止，讓人無以防衛。父親就這樣隨著船隻失神地被捲入遠洋的海渦裡，被打撈上來時，已成一具浮屍。我一直不敢再思憶那二張在暗流下疊合的臉，那彷彿是生命的正反面目，不管我們想不想見，最後都得去接受。那時的我，更堅信父親是老天的實驗品，試驗的結果在最後一刻翻起另一面——揭曉。

識

我起身坐著，撥去多餘的水波，在水中照鑑了自己的臉。時間的水流不斷從我身上、面頰流過，我像一顆岩石，漸漸被鑿出了好多瘡疤與洞口。在我身上，遺傳著父親的血源及基因，可惜的是，最後都像不斷散去的支流與末節，沒有多餘的交匯及感應。父親過世後，我返鄉的時間更少了，只有在他的忌日及清明時節，應著母親的吩咐，回到祖厝來祭拜。我覺得自己最珍念及寶貴的那一部分，似也隨著父親離開而死去了，被老天帶走埋葬在冷泉池裡的最深處。

河面上漂流著一張方才打印的票根，……許是剛才整理背包時不小心掉落的。那是返鄉的通行證嗎？還是自己已隨歲月老去的面容？年輕時要離家遠去，我又有得到誰的應允及簽核？我問自己，燈下的白蛾已止住飛行，夜顯然是更深了。水流自來自去，不因抽刀而停駐，也沒留下任何照見的面容。

祖厝三樓的大廳多了父親的牌位及二盞夜明燈，像似海面的燈塔。神明廳旁的玻璃櫃裡有一艘正揚著帆的船，這是父親在十歲時送我的船具模型，一直被我保存在裡面。船身是由木頭雕刻的，雕工細致且富層次，上頭的帆布似正迎著風鼓得脹脹的，猶如每個水手要出發前的自信神采。船艙釉上膠漆，在時間的另一隻更具大的手掌舵下，雖已塗上厚厚的灰塵，仍可窺見未老的心志……。

也許父親根本沒有死去，他總是在我需要的時候，將夢的水缸蓄滿，和我再度對坐，一起泡著沁涼的泉。我拿了他最不喜愛的筆桿，鏤刻著他的形象，讓他在我藝術的想像裡重生，某一方面來說，這亦是他要我接繼未完成的夢吧！我以筆為舵，海為畝地，讓彼此帶著滿滿的信心，準備出航——。

窗外黎明的曙色已衝破了黑暗，疲累的旅人、老去的船隻滌去了一夜的疲累，再次啟程時，似已參析出山水隱而未說的祕意。故鄉的水流伴人成長，泛悲喜，展慾念，卻也讓人於時間之流裡凝睇自我，體識真性……。

・本文經「公益信託星雲大師教育基金」授權，出自全球華文文學星雲獎──「人間散文」。

迴路

憂鬱的深度

憂鬱的深度
——探訪十二個古榕

在台南看過榕樹很多次了，每次看榕樹都有不同的感受，不管在孔廟還是安平古堡關聖帝廟前，甚至百姓住家的宅院，都可發現古榕的蹤跡。「那裡我去過，中斷的劫數／在地理板塊遷移，產生／擠壓現象以前，曾經趺坐／久久，體驗鉅大的孤獨」在楊牧的詩句中我讀到榕樹的身影，城市變動之快，常讓人抓不住可以依傍的事物，在物質與經濟洪流中，心靈常迷失自我，難以辨清方位。伴隨來的「鉅大孤寂」，在人與人之間插滿鋒利的刀刃，不斷挖掘、疊覆憂鬱的深度。所幸，城市中的古榕們緩解了這種氛圍，它們在那壑地裡生根、茁長，向上茂綠意之繽紛。

台南，做為台灣最早的古都及大城，可以看到現代與古意傳統的東西，那麼並行不悖細緻地貼合在一起，實在令人不得不駐足。而這些古榕，彷彿是地表的髮絲：在板塊遷移與擠壓、城市面貌不斷變動、歷史更迭中，存活下來。它們夾在兩種時空裡，於城市與歷史的交界地帶，拉緊、抓住、中介，不斷展演一種屬於生命靈活的姿態，與屬於永恆的貫穿與「意志」。

在觀光護照的指引下，我租借了一台五十西西的機車，記得那天氣候十分寒冷，所帶衣物並不能夠禦寒，加上異地路況不熟，台南的道路先粗後綿延而細，一逕延伸如根鬚，費了好大的勁才到達目的地。停好車，把厚重手套放好，立即為眼前的景緻所震懾：那是一座全是由古榕盤據的地方，佔地三千多坪，枝枝相環，根根相盤，葉葉相襯，氣勢非凡，散發出一股清新的靈氣。我彷彿置身樹林迷陣中，「多少歲月了啊！」心裡不禁這樣問，它們曾見證的人情事物，如今都到哪去了啊？我在榕林中低迴、盤旋、思索良久，為那種氣勢與靈氣所淘洗與沐浴。它們的根是那麼深刻地紮進土地裡；軀幹有些已老到挺不直，或曾為蟲病纏身，幾乎臥躺在地卻仍繼續伸展，而髯垂下來的鬍鬚，更像一個耆者，對你訴說著往事、閱歷與訓勉。走在其中，一不小心便會被它們延出的枝椏所攔，或碰撞得東青西紫……我聽園外有窸窣聲響，彷彿有人對語，近看——原來越過籬園的枝椏正在與斑剝望牆砌商竊議，感覺就像老人們拉著幽長的二胡，孩童們一旁欣然地嬉鬧、盪著秋千，好不熱鬧。

驅車離去前，身旁落日像一枚冷掉的戳記，印在靈秀生命名信片裡。回過頭，看著遠方燒盡後的霞雲，冷風中只剩鉛盡後的面貌，眼底映入拱門前的對聯：「天重福祿恐誰善德獎懲揚，協贊陰陽察爾忠奸褒貶責」好一個十一字對聯，那寓藏天地間的符號與手勢，聲音與暗示，就像釋迦牟尼在菩提樹下所證道之「生澀菩提」，要用「眼睛」踏尋才看得到。

琴音猶在

——記陳達

「抱一支老月琴，三兩聲不成調；老歌手琴音猶在，獨不見恆春的傳奇」這首家喻戶曉的民歌〈月琴〉，由賴西安作詞，蘇來作曲，描寫的是陳達的故事。而陳達的思想起，正是發源於南台灣恆春地區的民謠，據說，唐山過台灣時，由西部平原輾轉到台灣最南端恆春一帶開拓時，由於工作的艱辛，單調，生活寂寞難奈，常勾起心中的思鄉情愁，於是「思想起」的曲調就出來了。

陳達的思想起，為何讓人那麼印象深刻，除了他本身高亢嘶啞的特殊嗓音外，他滄桑的一生，等同台灣歷史歲月的見證。山胞血統，不識字，牽牛耕種，佈滿皺紋，自娛娛人而樂天知命。幾乎就是道道地地台灣人的性格，或者吧，命運！再也沒有任何一首思鄉曲調，能如此深刻烙印在我們心中。

因而，只要提起福佬的鄉歌，陳達抱著月琴，獨自娓娓彈唱的身影，就會清晰地映現在我們眼前。

儘管台灣現在已邁入所謂後工業資訊時代，納入全球的經濟體系中而急急攘攘，但那根植於我們血液裡的鄉愁與情懷，卻如年輪般，永遠不會消逝。生命水流，流去便不會再回來，若陳達在一場車禍裡，意外奪去他寶貴的生命，也奪去了大家鏗然卻懷念的耳朵。但其實，來屏東，來恆春，在這三面環海、一面臨山的地理環境裡，只要你用心，用心打開耳朵，仍會聽到一種屬於生命原鄉的召喚，那不受外界物質文明影響、仍保有最原始風貌的歌聲，寂靜而凄亮。

是的，老歌手琴音猶在！陳達是永恆春天的傳奇，而他留下所哼唱的思想曲調，是台灣的傳奇。

枕山打靶紀事

昨夜恐是月圓之日罷？清晨時分，皎亮清輝如玉，高綻於空，而東邊正是旭日初昇之際，四週雲彩被曦光蘊染得繽紛有致，山境正朦朧，澈夜未眠的蟲鳴仍在耳際，星日爭輝的景色，將淡亮的青空綴點得別有意致。

為了打靶，部隊作息比平日甚早，舉止慌忙，著裝待發，一路上浩浩蕩蕩，勞師動眾，路過平野屋舍，路過墓丘荒冢，路過石徑道衢。靜有蟲鳴鳥飛相伴，動有五色男女衣車相間，入營半月，突臨此景，猶如陶公忽逢桃花水源景，心中有不勝喜孜之情。

途中或有老嫗少婦對立，或有耆老孩童牽伴相遊，亦有青青學子，踩著機踏車匆忙趕赴私塾上課……我不時覻其面狀，疊附驚采，相背於平居。行色匆匆一如我們震天的履聲，驚動了睡夢中雞犬，不時吠噪怒瞋；而心，倒被兩旁曼妙的勝景（雖是平凡卻有其可觀）所吸引。

行經枕山，獲見空曠曠野草叢山，一片峋嶙突兀，乃之謂靶場也。分配完畢，輪番上陣打靶，自小即怕砲聲的我，再聞其音，心頭不禁幾震。而不管有無打靶的場次，一有空便要操練嚴格的刺槍術，十月的太陽依舊散著炎熱的火光，威力不減盛夏，部隊行了近五公里路，胥然倦色，加上打靶壓力及刺槍術，這次可算真正嘗到了當兵的滋味。才一會兒，汗水已流滿全身，而額上的汗珠斗大如雨，恰與嬌盛的陽光熠熠閃應著……。

然箇中也有甘芳的滋味，如期待晌午的時刻，弟兄之互勉……但，最令我難忘的還是那日落時分，即將歸回營區的路上。此時的天際澄淡清亮，空氣中少了燥熱的氣息，既無晨曦時負重的心情，也無任務出勤的壓力。隊伍悠揚地踏著步履，踩在漫天絢美的夕陽下，我們的步伐輕盈了，因已完成了今日艱辛的課程與挑戰，戰士們的心是輕快的，因走完此程，便可回到營區享受豐美的餐肴。

挽著清風閒情，我有一種特別的感覺，幽緲深邃，可與言又似乎難以辭現，只覺青山悠悠喚我，草木馥我以柔情，我已陶醉，也已身陷，彷彿已和自然融合為一，是一片落葉，一隻飛禽，甚至一個碎影，我都不想爭辯了……。

走在這一日將盡的黃昏裡，許多日常生活中莫名的、熟悉的、陌生的、痛苦的感覺都跑了出來，甚至連意識深層中渴求的也都在心頭隱約現——；模糊中，我憶起了李商隱〈登樂遊園〉那首詩，那傳唱千古的名句：「夕陽無限好，只是近黃昏。」黃昏，這個引人遐思的名字，是屬於浪漫、開活的代名詞，亦是寂寞與空虛的縮影。開活的是造物者舒布於你我間，最原始純美色工的呈現；無奈的是心中那股熊熊火光後的沉寂，如同人生之路將盡。

悲哉，人之壽終猶不可復，黃昏之將盡，亦有再現之時，若想以肉身之軀與天地爭榮辱，無非以蛋卵之質擊之金石器皿，不亦愚乎？再者，人之悲歎徒增，而萬物依舊遞嬗輪變如昔，不以人之喜怒哀樂而稍作轉化。

蓋觸景抒情乃人之常情，人與自然的默契亦有相互契合之點。萬物啟予我們人生智識與涵養，養撫我們成長及茁壯，我們見到了其慈悲、絢美險奇的一面，亦洞悉了其殘暴驚心的時候。因此，我們心靈時常隨著萬物轉化，不啻在抒情，也在傷情、釋情，渴求的不外乎人性之外另一種安慰及滿足，尤其在理性之不可及，現實與理想有所相觝時，那種莫名與矛盾的心境。於是乎，有些人把一生情感及志向寄情放縱於山水，不是逃避現實，故作閒士，而是人生之傷懷至極，另一種生命層次的體現與提升，也不管俗世之人體不體認，畢竟其找到了自我及那種最能感應現世暢懷解憂的方式。

活著，的確是一個非常切實、奇妙的字眼。因為活著，我可以感受生命多重的滋味，是樂也好，是苦也罷，而生命中所傳送的成長與淬煉，又豈是苦樂兩字能道述得出呢？

笛卡兒說過：「我思，故我在。」我則認為：「我在，故我永遠體認。」生命中最美妙的體認，莫過於存在的滋味，因為等待過，所以更能珍愛所有的人事物；因為苦過，所以更能珍惜所體會、哪怕只是涓滴般的甘馨。感謝愁思！一路行來點綴我生命、豐富我人生，也就是它，在往後回憶起昔日點點滴滴，所有苦愁也都將化為烏有，而成片片甜美的感悟，縈繞心頭。

今日之行，苦樂有之，而最美的感覺乃在這些體悟，故特屬文以記之。雖有些感受只可意會，不可言傳，卻勉強入文，深怕敷拙文辭傷了萬物之美性，況乎人之感受有別，讀者大可草略瀏覽，不必過於擱心纔是。

註：枕山乃位於宜蘭市金六新訓中心五公里外的一個靶場，由於不利交通，故打靶多步行。

毛巾

住在樓下那位室友搬走了，他，搬走了。

若不是他再回來看看有否東西忘了拿，我想，人生的機遇裡，我不知何時才能再遇到他。一同住在這租來的小屋，算算也快兩年了，他住二樓，我住三樓；他念工科，我念文科。平時，我們各忙各的事，也很少碰頭、說話。但，在並用的一間浴室，我很清楚，他昨晚是否回來；那件毛巾的乾濕，便成了我判別他行動的一切。

他的上樓腳步聲，雖然大聲；但在這屋子待久，卻不覺得那腳步聲有何喧吵之處，反倒使耳朵有種溫馨與愉悅之感。有時，他去家教或補習，總是三更半夜才踏著沉重的足階回來。那條毛巾也很晚才浸潤了他的臉。有時，那條毛巾，一直是乾著的；我猜他可能回鄉或去朋友家過夜了。我發覺他喜歡用粉色系的顏色，一個大男人，喜歡用粉色系，倒底有著什樣的性格？我常望著那溼澤的毛巾猜想。而我的毛巾，和他並肩地挨著，一起在夢想與陌生的現實路上努力。

他不常把毛巾擰乾，有時還滴答流著水珠。基於室友的考量，本把想助一臂之力，幫助那條日夜擦拭了主人的眼臉，卻仍不停淚流的毛巾。但下意識又升起的念頭，馬上打消了剛才的念頭。我只能呆呆望著，它不停淌落水滴……那撫過歲月臉龐的破布呀，究竟是怎樣的心情。

用久了的毛巾，會變得污穢且漸漸現形破洞；也或許常在潮濕的地方，它們很容易就把自己生命奉獻在這暗無天日的環境裡。我很少把毛巾拿去洗，當毛巾起了毛球，露出像樹鬚的絲線時，我會再補上一條新的；而那條舊的，便拿去作其它用途，抹布或者擦拭地板……他和我一樣會補上新的毛巾，但由於他的毛巾經常未擰乾便掛上，所以淘換率很高。算算，我約二個月換一條，他會更長些。又由於經常在租房讀書，一天可能會用到它近五次；而它，並不常得到主人憐惜，所以，這樣評定毛巾的青春與年華，也許並不公平。

主人身上有什麼氣味，毛巾應該會耳濡目染吧。我對自己毛巾的氣味，再熟悉也不過了，那是在便利超商買來的男性洗面乳氣味，有淡淡的麝香味。而他的毛巾，老實說，並沒有特殊的氣味。站在兩條毛巾的面前時，我毛巾的氣味總先蓋住他的。當我清楚聞到他的氣味時，是他深夜洗澡、隨著水流所散發出的氣味；透過浴室的罅縫，一直竄升到三樓我夢境的嗅覺裡。偶爾，我會起身扭開燈，靜靜地，什麼也不想；仔細聽著靜夜的旋律，聞嗅那與夢想掙鬥、淘洗下來的氣味。

如今，他搬走了，我連記憶那條毛巾的生活也將被挪移。毛巾你安靜地往前飛去吧，像被撕落自由的日曆，像御風的魔毯——。任我憑著嗅覺，憑著嗅覺繼續與那遺留在浴室、孤獨的毛巾，向茫茫的前方行去……

註：本文約創作於二〇〇一年至二〇〇二年間，時值攻讀碩士學位期間。

傘

雨漸漸飄落的時候，我在前進的人行磚道與路口處，發現了隻小貓。看起來似乎剛出生不久，新生黑白雜間的硬毛，已被雨淋得一根一根站了起來。巴掌大的身軀微微顫動著，蜷縮在一台汽車的輪胎下。

我注意到牠的時候，牠從裡頭緩慢地爬了出來，靈動著楚楚的圓眼，並發出喵嗚的嗔聲。我不知道牠為什麼會在這裡，是從鐵欄的隙縫中溜出來的吧？媽媽到哪兒去了？我蹲下來與牠逗玩了一會兒，細雨突然越下越大，越落越急，刷刷刷如萬馬自天奔騰而降，瞬間已一片灰茫。我將牠抱起後，便急速衝向對街，躲進了在雨中佇立的電話亭。

電話亭彷彿早就和我相約在那裡，他將僅有的手臂放在頭上，等待我擒握。我看了液晶螢幕上，顯示有四塊錢，許是方才有人留下的。伸手撥了幾個按鍵，那鈴鈴的回聲，便在這小小的世界裡響了起來——當裡頭傳來咚咚沉默的暗語，我看了一下，「還有三元」，便將話筒再放回原先的位置：「這城市，一定還有人需要它！」

深深吐了一口氣後，玻璃窗上迅速形成了一團凝霧。凝霧外的水滴還未來得及集結在窗上，便匆匆被擠下。透過了玻璃窗，我感受到雨的強悍，也感受到遠近正被一種喚作烏濛的怪獸舔噬得不安。

那隻貓輕輕靠在我腳邊睡著了。雷聲吼過了幾回，牠都只把耳朵微微動了一下，絲毫不在意外頭的世界。我想，牠的夢該是很輕很輕吧，沒有半點雨聲。噹！電話裡頭的三塊錢，無聲地落下——我將電話亭的門關緊，蹲下身來，陪牠靜靜守候著這場雨……

滌洗

為了怕塞在山路上，我和家人都會利用平日的晚上開車從台中出發，過了合歡山後，花蓮就近在眼前了！

蘇花公路到文山溫泉這一段，是我到花蓮，甚至是台灣全島最難忘的旅遊回憶。夜間的蘇花公路，少了車潮，卻多了份寧謐的海潮。車子沿著夜間的海岸線行進，就好像坐在海與山鋪織成的絲絨毯裡，非常輕盈，感覺所有白日的塵囂都沉澱了下來，連思維也澄明如月。

當車子開到文山溫泉入口時，通常是半夜，我們會在入口處的停車場簡單紮個小小帳蓬，天值秋末，氣候怡爽，我們打著燈，開始沿著峋嶙的峽谷步道走下去，感覺進到了山脈骨骼裡，並貼合著她血管、生命，比輪軸滾過山洞的感覺更令人深刻。

夜裡的峭壁千仞，燈打過去，一幢幢巨大的黑影就矗立在前方，大沙溪的水流潺潺，把夜襯托得更靜了，抬頭望著天空的點點繁星，恍如置身銀河。河床上佈滿大自然板塊運動下，鬼斧神工搬運的怪石，氣勢磅礴，正視它們，只會顯得人類的渺小。兩側險峻山壁一如山水畫裡才會潑灑出來的景像，——溫泉就是從山壁中流洩出來的，高達四十五度，不耐高溫的人，始終只能望池興嘆。由泉湧出處往上看，吊橋就在上方，這壯麗的一線天景觀，常引人思忖：它是怎麼被鈎掛上去的？夜闌人靜，浸在花蓮縱谷的野湯裡，只有大沙溪水流迴盪成巨大吼聲……。此時不需要任何聲音、燈光，更毋需任何人工修飾，我們赤裸，回到人類最原始的狀態，和自然合而為一。

在縱谷裡泡湯，享受最原始自然的花蓮，是我愛上花蓮的初衷，一直到現在都還是如此。每當回到大城市被人心的算計鈎刺得遍體鱗傷時，花蓮文山的峭壁、泉湯，水流和靜夜，就會閃現在我眼前，向我召喚。透過滌洗，真能如亞里斯多德在《詩學》裡所說的：使人得到了淨化與昇華。

當時文山溫泉被日本人「深水」所發現，乃基於對立霧溪的任務探勘，在壯奇的峽谷內所發現的世外桃源，是一場「無心的美麗」。然而這美麗的桃源，在幾次颱風的侵襲下，河堤暴漲沖刷了大理石穴，已不復當年面貌，甚至經常有長達數月乃至數年時間的封閉。常有遊客興致而來，欣然規往，卻只能若武陵中人，尋向所志亦不復得路。奇怪的是，山壁最裡面的那個池穴，卻永遠靜臥在那裡，沒有被毀壞。那滾燙的熱度，好像是一種諭示，又似一顆夜裡溫潤的眼眸，有所等待，也有所依盼，和天上的明月相照應——。

一處美好的景致不是趕流行地參觀，亦非開發更便捷的路徑去追逐。大自然的脈動始終緊繫著每個小我的生命，端看我們能否用那顆熱忱的心、閃動美感的雙眼去感受、去發現。

芭蕾與記憶

——漫談日本九州屋臺

華燈初上時，鬧區巷弄裡的一群人早已就定位，人群如潮開始漸漸湧進，這是台灣夜市尋常的一景。在台灣，夜市和我們的生活緊緊相繫。白天時，夜市所佔的那些攤位，可能是早餐店、服飾店或禮品店，晚上便搖身一變成為攤位的聚集地，他們日復一日，步調相近，煮食、翻攪及交遞的動作也此起彼落呼應著，好似一種集體的身體韻律，一如美國重要地理攝影師大衛．西蒙（David Seymour）所提出的「身體芭蕾」之舞姿，而許多「芭蕾者」遂就展演成「地方芭蕾」的劇目與身段。

日本的生活習慣跟台灣比較不一樣，他們一般店面並沒有像台灣有些營業到十、十一點的情況（夜市甚至會到凌晨三點或隔天早上），因此，大概在還沒晚飯前就早早打烊，關門休息去了。在日本，街頭的攤販被稱作「屋臺」，他們並不是一般在路邊店面或是「大通」（有避雨棚）的商店街，而是以「熟食」樣態或是「大排檔」的面貌，規模並不像台灣這般「浩大」，但也算是延續了入夜後空蕩的日本「街道生活」。「屋臺」（やたい）這兩個字來自日本話中「攤位」之意，如果大家知道日本居酒屋的概念，把「屋臺」定義為迷你居酒屋似乎也不為過。屋臺的起源，據說在江戶時代，男性需離家去遠方工作，外食的需求增加，販賣料理的屋台亦隨之增加。起先多會出現在寺廟前、大型的商店街前，後來變成人多的地方就有其存在；而福岡以前是個港口，漁港總有許多勞工餓了要填飽肚子，因此九州便成為屋臺最多的地方。

屋臺多為當地人公司或朋友聚會後，「續攤」或「三次會」的地方，所以那個地方不像日本白天的景像，總是一臉嚴肅、壓力，或者正襟危坐、西裝筆挺之模樣，在這兒的人多半帶了點酒意，或輕解領扣，航向下班後到睡夢前的輕鬆國度。日本的「屋臺」以往多是在兩輪拖車的貨臺上搭起店面，再以人力或機踏車來牽引移動攤位，可說是經過改裝、更齊全的微型貨車（長桌圍著主廚點餐的木造屋台車）或廚設備齊的移動式廚房。

日本的「屋臺」多出現在夜晚的大街上，但也會出現在辦公區或活動慶典、節日鬧區，「屋臺」的小吃花樣繁多，常備飯菜有雜碎、烤雞肉串、鐵板燒、天婦羅等，還有許多特色攤點，如雞尾酒吧、沖繩料理店等。然而賣得最多還是關東煮及拉麵。九州的福岡市內的屋台約莫佔日本全國的百分之四十，是來到福岡必體驗的美食與文化之旅。其中中洲、長濱、天神、博多（運河）屋台是最富盛名的。筆者在2018年初來到福岡的博多屋臺，在攤位前品嚐一碗熱呼呼的拉麵，人生突有柳暗花明的感受，也是我對日本福岡最美麗的記憶——。

台灣夜市琳瑯滿目幾乎什麼都賣，而日本的屋臺（尤其是在福岡），相對就單純許多。在日本，屋臺多要申請，經過核可才准予營業，擺設相對整齊而不凌亂，附近不見任何垃圾桶卻未見紙屑飛揚。臺灣夜市，常見攤販違規設攤，越靠近夜市，越見車輛亂停、違停之景像，近年來娃娃機大行其道，有些商家更直接將其擺放在人行道上，佔有公共的空間及道路——讓我們看到光鮮、美味後的「亂象」。透過不同文化及飲食風情，也應當引領我們去思索：在甘味的人生之餘，別忘了追尋我們更有品質的生活與環境！

鯖之味
——南方澳旅行札記

漁船一艘艘駛進港，港口漸漸熱絡起來，數以萬計的鯖魚，閃動陽光下耀眼的銀瓶身，像似一朵朵怒恣綻放的花朵。這裡是南方澳，有著得天獨厚的漁業資源，我坐上便捷的雪隧巴士，將她神祕又樸拙的面紗輕啟了開來。正由於台北到宜蘭之間開車縮短為不到一小時的車程，大量遊客的湧入，使得此地傳統的各項產業與觀光業迅速融匯、結合，帶向另一個新的契機。

據說南方澳的開發的歷史，在日據時期就已經肇始，全港三面環山東臨太平洋，地形隱蔽是天然良港，海陸間以砂洲相連形成一道天然防波堤，所以別名又叫「陸連島」，這可是在地人才叫得出的名號。她除了是台灣三大漁港之一外，亦是東部遠洋漁業的重要基地，不到一萬人口的地方，居民卻是百分之八十都是從事漁業，因而漁獲期間走進南方澳，你會看到無數赤身的漁民，不管是走路、載漁具、喝吆、還是出船……，肌肉怒張的黝黑身體表層，圓大汗珠於日照中閃動、湧流，恍若一幅幅台灣早期生活的寫真圖，亦是原生精神凝結的具體展現。空氣中，濃重的塩味，有時你甚至分辨不出，是海的、魚的、還是人身上的。

海港頗富盛名的媽祖聖殿就有兩座——南天宮及進安宮，不僅是當地的信仰中心，絡繹不絕的遊客，亦入境隨俗跟著在地居民虔誠膜拜。媽祖的造形從木造塑像、玉像，到純金媽祖神像，不僅表達出小港日趨繁榮的感念景象，亦是台灣人文發展脈絡及經濟輻輳軌跡之濃縮，台灣早期各地百姓生活總是和媽祖廟有密不可分的關係呢。

漁港內，海產店林立，人群也如過江之鯽。遊客大致分成二個方向：往廟宇移動的路線，及往美食的商家前進。鯖魚，是南方澳的特產，來到這「鯖魚的故鄉」，是大家一定要嚐嚐的。聽當地人說，早期鯖魚的價格並不好，是這幾年拜觀光之賜才興盛起來的。在地人把鯖魚做成茄汁罐頭及醃清品外銷，其中後者更是台灣在地研發的獨特料理方法。然而，相較於早期引進日本技術的「巾著網」帶動起南方澳漁業的繁盛並推向高峰（相較於更早的延繩釣法），近年來的大型圍網、「扒網」（俗稱三角虎・由台人自行研發之漁撈法），更致力將鯖魚「一網打盡」。「過漁」的結果，使得鯖魚在海洋生態資源中失去平衡，為了避免被人類捕捉，鯖魚體型變越變越小甚至提早出現性熟特徵，觀光客下肚的鯖魚是越來越年輕。

凝視著神明——我突然覺得這個小鎮與我們都市文明環環扣結的緊張氛圍：媽祖賜給漁民新的生機，卻又在我們日復日走馬「看」花與「口」腹慾的觀光產鏈中，像被吃進去的魚群般，有了新的「劫難」。透過「食」，我們讓挑剔的味蕾飽足饗宴，產生豐富的飲食文化；然而生在二十一世紀能源逐漸匱乏出現危機的年代，考驗著我們是有否足夠的作為及擔當。燃起了一杜香，腦海中浮現參與「鯖魚祭」中那尾繞市街後焚燒於港邊的巨幅鯖魚膠像，除了祈求豐收有「餘」外，更願我們能對海洋充滿謝意，永續為她經營。

夜裡，海浪輕撫岸上卵石，恍若感知，投我以整夜的回應——

附錄

伍季創作生涯重要紀事

一九七六、〇五　於宜蘭蘇澳出生

一九八二、〇八　進入南方澳南安國小就讀

一九八五、〇六　第一篇詩作〈**鏡子**〉描寫母親於校刊發表

一九八八、〇八　進入蘇澳國中就讀

一九八九、〇五　第一次參加學校「食品衛生與安全」漫畫比賽得獎

一九九一、〇八　進入宜蘭高商國貿科就讀

一九九二、〇八　獲全國高中職寫作比賽獎，為少年時期校外第一個重要獎項

一九九四、〇八　進入萬能工商專校國際貿易科就讀，開始大量發表作品，並屢獲校內文學獎

一九九六、一〇　入空特服為期二年之兵役

一九九六、一二　五次跳傘經驗，至今難忘；開始於軍旅思考人生、大量寫作，感受棲居的強烈孤寂

一九九六、一二　作品描寫軍旅生活的**〈枕山打靶紀事〉**首次於報章**《青年日報》**發表，至今回顧，蘊著濃濃存在主義思想

一九九八、〇八　入中興大學中文系就讀，決心棄商投入文學志業；屢獲中興湖文學獎，也開始創辦、編輯刊物；以故鄉背景的**〈冷泉鄉之夜〉**獲全國學生文學獎，此為第一個全國性大專生徵文比賽獎項

一九九九、〇五　開始旁聽簡政珍老師在中興大學的課程，展現現代詩心靈的探索；也著迷陳黎與洛夫等人的詩作

二〇〇〇、〇八　入靜宜大學中國文學系就讀台灣文學組，對現代詩學展開觀照

二〇〇〇、〇九　於台中瑪利亞學園樂當志工半年

二〇〇一、〇五　師學邱貴芬老師，對台灣文學有更多面的觀察與思索

二〇〇一、一二　第一本非正式詩集**《伍季網路詩選》**自編自印出版，並自行在台中龍心誠品書店外擺放、行銷

二〇〇二、〇六　擔任2002年、2003年**《台灣文學年鑑》**編輯

二〇〇二、一〇　詩作**〈時間之鼠〉**收入河童出版的**《2001年　詩路網路詩選》**

二〇〇三、〇二　碩士論文**《邊緣敘事與島嶼書寫：陳黎新詩研究》**，獲文建會現代文學碩士論文獎助

二〇〇三、〇五　碩士論文完成，於靜宜大學中文研究所台灣文學組畢業

二〇〇三、〇五　詩作**〈籃球〉**選入**《九十一年年度詩選》**，爾雅出版

二〇〇三、〇八　獲全國優秀青年詩人獎於**《聯合報》**揭曉，為此奠下詩作的信心與毅力

二〇〇三、〇九　於靜宜大學中文系開始教授現代與古典等課程

二〇〇三、一〇　作品**〈雨中的黑板〉**獲教育部文學獎新詩創作獎，並開始在地方獎項不斷參賽，爭取學習修正機會與創作發表空間

二〇〇四、〇二　於朝陽科技大學通識中心教授現代文學等課程

二〇〇四、〇八　入佛光大學文學系博士班就讀

二〇〇五、〇五　正式出版的第一本詩集**《與鐵對話》**，由台中印書小鋪出版，簡政珍老師寫序

二〇〇五、〇七　父親罹癌過世，對生命造成相當大的衝擊；過世前最後幾天曾拿此詩集在他面前，流下淚滴

二〇〇五、〇九　於靜宜大學台文系教授現代詩鑑賞與創作等課程

二〇〇五、一二　**《與鐵對話》**獲國家圖書館2005臺灣出版TOP1-2005代表性圖書；另見2006/1/13~2006/2/15金石嚴選【如果生活有文學　現代詩100－現代詩選】、誠品書店2005年5月份選書

二〇〇六、一二　描寫父親的作品**〈父親在我夢裡沉睡已久〉**獲台北市文學獎新詩首獎，為創作生涯重要的獎項

二〇〇七、一〇　師學楊松年老師，開始著手博士論文的書寫

二〇〇八、〇五　楊松年老師因退休回新加坡故，改找陳鵬翔教授指導

二〇〇八、〇八　作品**〈失肘港〉**、**〈木屐廠——記蘇澳白米地區〉**分獲吳

濁流文學獎散文獎與新詩獎，為向台灣文學前輩致敬的殊榮

二〇〇八、一〇　於喬治高職擔任國文兼課教師

二〇〇八、一二　取得佛光大學博士候選人身份

二〇〇八、一二　詩作〈**鄰居——給母親**〉、〈**憂傷見骨，連刨落的屑也是——記三義木雕**〉獲2008青年文學創作數位化作品購藏公開徵集入選（各五顆星），此為詩作跨入數位時代的里程刻痕

二〇〇九、〇二　博士論文《**五、六〇年代台灣軍旅詩歌空間書寫：以洛夫、瘂弦、商禽為考究對象**》獲國家文學館博士論文獎助，論文亦進入口試階段

二〇〇九、〇九　於靜宜大學通識中心教授自我生命閱讀與書寫等課程

二〇〇九、一〇　博士論文初稿完成，在陳鵬翔教授細心指引下，開始對治學、論文寫作及現代詩的批評與論述有新的認識與體悟

二〇〇九、一二　第二本詩集《**痛苦已將門檻化為礦石**》醞釀出版，首次

嘗試以空間記載生命與記憶，為自己成立之個體出版社（**「文學廢五金出版社」**）所發行的第一本文學集，自製、編排、籌畫，並敬邀前輩詩人陳黎寫序，由唐山出版社總經銷。

二〇一〇、〇一　詩作〈**桂河大橋**〉入選《**閱讀與書寫**》大學新詩教材選文，恰以作為本詩集自台灣向他國延伸之末尾註解

二〇一〇、〇六　自佛光大學文學系博士班畢業，並計劃將博士論文出版

二〇一〇、〇九　於徐匯中學擔任國文與輔導教師

二〇一〇、〇九　作品〈**憂鬱的深度**〉獲時報文學獎小品文獎

二〇一〇、一一　詩集《**痛苦已將門檻化為礦石**》由文學廢五金出版，唐山出版社總經銷

二〇一一、〇一　於國立虎尾科技大學通識中心擔任兼任助理教授開授國文等課程

二〇一一、〇七　於中國醫藥大學通識人文中心擔任兼任助理教授開授國文、台灣文學等課程

二〇一一、一一　散文集**《失肘港》**出版構想醞釀中

二〇一一、一二　**《痛苦已把門檻化為礦石》**獲國立臺灣文學館102年度文學好書添購計劃

二〇一二、〇一　於逢甲大學中文系擔任文學／國文教師

二〇一二、〇八　於中正大學中文系擔任文學／國文教師

二〇一三、〇六　榮升教育部助理教授資格，由逢甲大學送審

二〇一四、〇二　擔任中國醫藥大學日本交換學生之華語教學，為期一個月

二〇一四、〇五　**〈瘂弦詩中的死亡航行與生存譬喻〉**詩評論發表於**《當代詩學》**年刊第六期；並參與2014「**《笠》**詩刊五十週年研討會」發表**〈天空與廣場：窺探白萩詩的空間與權力〉**論文乙篇（2014年5月10日於國立台北教育大學國際會議廳）

二〇一四、〇五　在逢甲大學陸續擔任文學獎相關之評選活動與第一屆中區藝文競賽紀錄片組初選評選委員，以及教育部推行之通識革新計劃

二〇一四、一一　擔任逢甲大學「**活在一片風景裡——書寫逢甲全校徵文**」

現代詩評審

二〇一五、〇一　論文〈**地窖式遞降的空間：洛夫的「石室」與死亡**〉刊登於《**當代詩學**》第十期

二〇一六、一〇　散文作品〈**早春**〉及小品文〈**滌洗**〉分別獲「後生」及「後山」文學獎肯定

二〇一六、一〇　散文〈**暗流下的臉**〉獲全球星雲華文佛教文學獎散文獎，為第一次佛教文學獲獎

二〇一六、一一　詩作〈**生命的豎琴－手工麵線調**〉獲菊島文學獎新詩獎

二〇一六、一一　散文〈**媽媽米呀**〉獲浯島文學獎散文獎，台灣離島文學獎（含之前馬祖文學現代詩獎）全拼進人生寫作版圖

二〇一七、〇四　曾獲國立台灣文學館補助的博士論文《**詩，役——五、六〇年代台灣軍旅詩歌空間書寫**》，由秀威出版社出版

二〇一七、〇八　入國立台中科大通識中心擔任應用文教師

二〇一七、一二　童詩〈**老鷹不飛**〉入選康軒版國小課本選文

二〇一八、一〇　二十年來第一本散文集結《**失肘港**》由秀威出版社出版

發表及獲獎出處

二〇一八、〇五　散文〈芭蕾與記憶——漫談日本九州屋臺〉發表於逢甲大學創刊刊物《風華．逢華》

二〇一六、一〇　散文〈暗流下的臉〉獲華文佛教文學獎並發表於《二〇一五年全球星雲華文佛教文學獎得獎作品集》

二〇一六、一〇　散文〈早春〉獲後生文學獎並發表於《二〇一五年後生文學獎得獎作品集》

二〇一六、一〇　小品文〈滌洗〉獲後山文學獎並發表於《二〇一五年後山文學獎得獎作品集》

二〇一五、一〇　散文〈鯖之味——南方澳旅行札記〉發表於「中區藝文」

二〇一五、〇八　作品〈南方澳的雨靜靜落著〉獲二〇一五吳濁流文藝獎小

說獎，並收錄於該年度得獎作品集

二○一二、一○　散文〈**鏈**〉獲桃園文學獎並收錄於《第十七屆桃園縣文學獎得獎作品集》

二○一一、一一　散文〈**啞城**〉獲第一屆升格直轄市台中市文學獎並收錄於《印刻十一月號》及《第一屆台中市文學獎輯》

二○一○、○九　小品文〈**憂鬱的深度**〉獲時報文學獎小品文獎

二○○九、○三　散文〈**我，和母親的單人競技場**〉發表於明道文藝二○○九年三月號

二○○八、○九　散文〈**魚眼家族**〉獲第六屆海洋文學獎散文獎，並收錄於該年度得獎作品集

二○○八、○八　散文〈**失肘港**〉獲二○○八吳濁流文藝獎散文獎，並收錄於該年度得獎作品集

二○○七、一○　作品〈**琴音猶在——記陳達**〉獲二○○七屏東縣文化局山海傳說徵文獎

二○○六、○一、廿七　散文〈**亞里斯多德的魚網**〉發表於《人間福報副刊》

二〇〇三、〇六　散文〈**流過冷泉鄉的福馬林**〉獲二十一屆全國學生文學獎大專散文獎並發表於《明道文藝》二〇〇三年六月號

二〇〇〇、〇六　小說〈**消失的行李**〉獲中興大學第十七中興湖文學獎小說首獎，並發表於《第十七中興湖文學獎輯》

一九九九、〇六　散文〈**冷泉鄉之夜**〉獲第十七屆全國學生文學獎大專散文獎並發表於《明道文藝》一九九九年六月號

一九九九、〇六、一二　散文〈**傘**〉發表於《自由時報副刊》

一九九六、一二、一一　散文〈**枕山打靶紀事**〉發表於《青年日報副刊》

語言文學類　PG2030　秀文學21

失肘港

作　　者 / 伍　季
責任編輯 / 徐佑驊
圖文排版 / 莊皓云
封面設計 / 蔡瑋筠

發 行 人 / 宋政坤
法律顧問 / 毛國樑　律師
出版發行 / 秀威資訊科技股份有限公司
114台北市內湖區瑞光路76巷65號1樓
電話：+886-2-2796-3638　傳真：+886-2-2796-1377
http://www.showwe.com.tw
劃撥帳號 / 19563868　戶名：秀威資訊科技股份有限公司
讀者服務信箱：service@showwe.com.tw
展售門市 / 國家書店（松江門市）
104台北市中山區松江路209號1樓
電話：+886-2-2518-0207　傳真：+886-2-2518-0778
網路訂購 / 秀威網路書店：https://store.showwe.tw
國家網路書店：https://www.govbooks.com.tw

2018年10月　BOD一版
定價：220元

國家圖書館出版品預行編目

失肘港 / 伍季著. -- 一版. -- 臺北市：秀威資
訊科技, 2018.10
面；　公分. -- (語言文學類；PG2030)(秀
文學；21)
BOD版
ISBN 978-986-326-599-3(平裝)

848.6　　107015693

讀者回函卡

感謝您購買本書，為提升服務品質，請填妥以下資料，將讀者回函卡直接寄回或傳真本公司，收到您的寶貴意見後，我們會收藏記錄及檢討，謝謝！如您需要了解本公司最新出版書目、購書優惠或企劃活動，歡迎您上網查詢或下載相關資料：http:// www.showwe.com.tw

您購買的書名：＿＿＿＿＿＿＿＿＿＿＿＿＿＿＿＿＿＿＿＿

出生日期：＿＿＿＿年＿＿＿＿月＿＿＿＿日

學歷：□高中（含）以下　□大專　□研究所（含）以上

職業：□製造業　□金融業　□資訊業　□軍警　□傳播業　□自由業

□服務業　□公務員　□教職　□學生　□家管　□其它＿＿＿

購書地點：□網路書店　□實體書店　□書展　□郵購　□贈閱　□其他

您從何得知本書的消息？

□網路書店　□實體書店　□網路搜尋　□電子報　□書訊　□雜誌

□傳播媒體　□親友推薦　□網站推薦　□部落格　□其他＿＿＿＿

您對本書的評價：（請填代號　1.非常滿意　2.滿意　3.尚可　4.再改進）

封面設計＿＿　版面編排＿＿　內容＿＿　文／譯筆＿＿　價格＿＿

讀完書後您覺得：

□很有收穫　□有收穫　□收穫不多　□沒收穫

對我們的建議：＿＿＿＿＿＿＿＿＿＿＿＿＿＿＿＿＿＿＿＿

＿＿＿＿＿＿＿＿＿＿＿＿＿＿＿＿＿＿＿＿＿＿＿＿＿＿

＿＿＿＿＿＿＿＿＿＿＿＿＿＿＿＿＿＿＿＿＿＿＿＿＿＿

＿＿＿＿＿＿＿＿＿＿＿＿＿＿＿＿＿＿＿＿＿＿＿＿＿＿

請貼
郵票

11466
台北市內湖區瑞光路 76 巷 65 號 1 樓
秀威資訊科技股份有限公司 收
BOD 數位出版事業部

....

（請沿線對折寄回，謝謝！）

姓　　名：________________　　年齡：______　　性別：□女　□男

郵遞區號：□□□□□

地　　址：____

聯絡電話：(日) ________________ (夜) ________________

E-mail：____